重温红色经典　秉承先辈遗志

重温红色经典　秉承先辈遗志

冀中的地道战

红色经典文学丛书

重温红色经典 秉承先辈遗志

周而复 著

民主与建设出版社
·北京·

ⓒ 民主与建设出版社，2021

图书在版编目（CIP）数据

冀中的地道战 / 周而复著.– 北京：民主与建设
出版社，2021.4
（红色经典文学丛书 / 吴迪诗主编）
ISBN 978-7-5139-3414-5

Ⅰ.①冀… Ⅱ.①周… Ⅲ.①报告文学－作品集－中
国－当代 Ⅳ.①I25

中国版本图书馆 CIP 数据核字(2021)第 042682 号

冀中的地道战
JIZHONG DE DIDAOZHAN

著　　　者	周而复
责任编辑	王　维　郝　平
封面设计	博佳传媒
出版发行	民主与建设出版社有限责任公司
电　　　话	（010）59417747　59419778
社　　　址	北京市海淀区西三环中路 10 号望海楼 E 座 7 层
邮　　　编	100142
印　　　刷	湖北鄂南新华印刷包装股份有限公司
版　　　次	2021 年 6 月第 1 版
印　　　次	2021 年 6 月第 2 次印刷
开　　　本	710 毫米×1000 毫米　1/16
印　　　张	10
字　　　数	120 千字
书　　　号	ISBN 978-7-5139-3414-5
定　　　价	35.90 元

注：如有印、装质量问题，请与出版社联系。

目录

红色经典文学丛书

地道战 ………………………………………… 1

在深林一样的马路上 …………………………… 14

从上海到香港 …………………………………… 16

粤汉途中 ………………………………………… 20

长沙印象 ………………………………………… 26

武汉一瞥 ………………………………………… 30

黄土岭的夕幕 …………………………………… 37

开荒曲 …………………………………………… 44

侵略者的最后 …………………………………… 50

目录

红色经典文学丛书

消灭 57

一支农民的哀曲 62

海上的遭遇 65

诺尔曼·白求恩片断 80

晋察冀行（节选） 116

地道战

一、历史的车轮，在新的轨迹上前进着

被称为中国乌克兰的冀中区，不仅是华北以致于是全国最富庶的地区，而且拥有广大的人力和物力，成为一切战斗力量的泉源。冀中区是全国敌后斗争最尖锐的地方，同时，也是斗争最残酷的地方。

它的周围有四条被敌人掌握住的交通干线：平汉、津浦、北宁、和石德线；这四条干线的起讫点和交叉点的重镇有北平、天津、石家庄、德州。这四个城市位置就在长方形的冀中区的四角。这些主要城市和主要交通干线，在政治、军事、经济、交通等方面，都有着它的特殊意义。

敌人对这个地区是不放松的。敌人点线占领了冀中以后，曾遭受了军民的攻击与破坏，推翻了其"以战养战"的企图，打破了它的"迅速肃清平原"的迷梦。于是乎，新的残酷斗争开始由点线向面地发展。他的"确保占领地"的计划是：每个据点预计在一定时期内，把四周一定范围的地区的村庄，变为爱护村，首先以据点内敌伪军反复"扫荡"，实行抢掠烧杀的残暴破坏，配合以欺骗和利诱，使人民屈服，派联络员，建立爱护村。此后，又将这军事据点，伸向新的更远的地区。在

已建的爱护村,军事就放在次要地位,用少数敌伪军和宪警不断出动,破坏我党政民的组织,捕捉我们工作人员,从事所谓军事政治交通建设工作,而达到"确保占领区"。

从其占领区,又向我区发展,把我区用相连之线分成两块,将点线内之面,作为其清剿区,以点线封锁和切断党政军民工作人员的进入,而清剿区之周遭边缘,就建立据点岗楼,进行清剿和扫荡,达到其"确保占领区"。

这就是敌人的蚕食政策。

在一九四四年以前,敌人在冀中的大平原上,建立了一千五百多个据点,巡逻不算;在他占领的点线面之间,又纵横地建筑封锁沟,封锁墙,限制了我们工作人员活动的空隙。而据点与据点之间的最远距离,不到十里地,敌人两个据点之间,或两个岗楼之间的火力,可以封锁住任何一个交通要道。

敌人的阴谋,是企图使冀中解放区变质,真正达到他所梦想的"确保占领区"。

不错,在新的激变下,一部分主力部队转移了,政府和群众团体从公开转入秘密,人民的武装也遭受到摧残……然而斗争并不曾停止,也不是退却,而是转入了新的斗争方式。

新的斗争方式,要求人民游击战争更加广泛地开展,要求新的创造。

历史的车轮,在新的轨迹上前进着。

英勇的军民,依然在大平原上斗争着,经过两年的搏斗,不仅恢复了组织,而且巩固了组织;不仅巩固了解放区,而且扩大了解放区。

这是由于什么力量呢?

人民。

人民以自己的血肉之躯,筑成了新的长城,人挡住了一切的摧残

和迫害,站稳了阵地,扩大了阵地。即连华北敌人派遣军作战主任在广播里也不得不承认:

惟冀中地区为平原,如以大兵团攻击,不难将之覆灭。然彼等如何确保此等地区?第一,是完全人的组织,军与农民混成一片。组织极为坚强。第二,将一望千里之冀中平原,由农地变为阵地,因之,成为最大焦心者,即为交通问题,彼等令我军行动困难,对主要道路破坏,不仅使我军不能发挥能力,彼等以通壕,互相联络,其中且可通行车马,又在村落间有长达一千至三千米之地下道,无论何处都可通行,彼等之军事、政治、经济互相间都有完善之组织,战阵地带可依此等组织,长期对抗日军攻击,此乃为彼等之战法也。

战胜狡黠强大的敌人,是各方面力量的总和。在这篇文章里,我只想先谈一谈地道战——这是人民游击战争中的斗争新形式,表现了大平原上人民光辉的创造力。

二、地道的发展

远在民国十一年,河南督办张锦耀的第十一师队伍,开到冀中高阳县,看到冀中那么富庶,而高阳更是一个富庶的商业区,就不想走了。官不肯走,兵当然也不走,一到夜里,成群结队地到处抢劫。十一师是新队伍,路途不熟,他们在城里竖起了一个高竿,上面挂一个红灯笼;这样,抢完了,看着那个红灯笼的方向走去集合,准没错儿。有钱的人上蠡县去了,但是穷人也要被抢,人民于是组织起联庄来自卫,男的就和这些名义上被称作军队的土匪作战,女的则挖洞躲起。这时是用小筐子提土,笨得很,洞也是个别的人家有,不普遍。十一师给打走了,洞就撂下了,藏藏东西。到七七事变,鬼子来了,村里有的人家不走；鬼子走了，他们就出来了。大家很奇怪，实际是他家有地洞，不怕。

这是人民为了"防匪"发明了地洞。

但冀中有地洞，却在更远以前。高阳有个教书的老先生，他知道当年窦尔墩从高阳小良口到渡口，曾挖了一个长六十里的地道，是用砖砌的。抗战后，他也用这个法子挖了洞，土没有地方出，就出在他教书的学堂里，垒成一个讲师坛。村里人很奇怪，哪儿来了一个讲师坛？老先生保守秘密，没说出来。

这时的地洞，只是个别的在挖，还没有形成一个群众性的运动。

群众性的地道斗争是这样发展起来的：开初，敌人来了，就跑到村外的洼地里去躲起；四〇年后，敌人扫荡频繁了，单躲躲是不济事的，跑到村外，就挖土窝窝，上面盖着草，敌人不到，是看不见的。后来觉得不如挖深点，上面不还是可以种庄稼吗？带了木板去，挖得更深。有的人进一步在坟墓里挖成洞，钻进去，躲在里面。安全倒是安全了，不过坟究竟是有限的呀，容纳不了大平原上的八百万人民。不久，大平原上就出现了许许多多的新坟，有眼子，可以露出头来，瞭望敌情。敌人扫荡包围时，在村子里找不到人，就"拉大网"，到村外野地里找，敌人对这做法，叫做"赶兔子"，村外站不住了。

敌人不在村里找，人民就回到村里来了——进村挖地洞。先只是在街上挖，五家共一个洞口。敌人常常突然袭击包围，快得使村里人来不及下地洞，于是改为一家一洞，洞口从街上移到家里来了。

这是死洞。

然而是未来地道斗争的一个有着决定作用的起点。

死洞是很危险的。当敌人进村时，就到处搜寻痕迹，手里拿着二寸粗细的一二丈长的铁棍，到处敲打，如敲透地面，或有回声，说明下面有洞。这样，有些家庭的地洞被破坏，捕捉到人，遭了损失。由此得到经验，死洞是不行的，要活洞。

于是这家地洞和那家地洞通起来了，可以从一个洞口钻入，从另一个洞口钻出，当敌人围住这一家进行搜索时，便能够从另一家洞口走脱了。但是敌人包围整个村里，进行更细致严密的搜索时，仅仅两家或者是几家地洞相连，也不能够适应新的斗争需要了。两个洞口的活洞，自然感觉不够。新的地道，出现了。它将一个村庄和另一个村庄，在地底下联合起来了。地底下出现了新的城市，出现了新的阵地。

三、内部构造的轮廓

地道的修筑，是远较那平原上改变地形的挖沟运动更加浩大的工程，所需要的人力物力，据一般的估计，一个村需要修筑地道，动员全村大部分劳动力参加，需要一个月的时间，并且一个顶棚所用的木料，竟需要到一二千元之多。像这样的消耗，人民为什么乐于负担呢？

人民政治上的觉悟，坚决不当敌人的"顺民"，和敌人进行顽强的斗争，固然是主要原因，另外一个原因也不可忽视，那就是经济原因。

让我们来看一看一个资敌村庄的例子吧。藁无县的赵庄，在资敌的半年期间，被征用赋一千六百元，大闺女费（以免敌人奸淫）四百元，保甲费七百八十元；代替青年壮丁，二百四十元，罚联络员费四百七十元，门牌费七百八十元，土木工程费三千二百四十元，标语被撕毁罚款四百二十元，每月给岗楼据点，送鸡蛋、酒、肉十余次，每次百元，半年共费六千元；此外，前后送鸡五百余只，猪十五头，车子一辆，马一匹,棉花千余斤,修岗楼要砖二十三万块,合需二千五百元;过节要红方桌十余张,凳子五十余条,椅子十余把,其他尚有要粮食,木料,强迫订购伪报等,总计半年内,每亩平均负担,将近四十元之多。

从赵庄这一村对敌的繁重负担上,回答了为什么人民不惜以巨大的人力和物力来修筑地道了。因为修了地道,人民能够生产,生产的收获,较之修地道所费不知多了多少倍,并且还可以免去对敌的这种繁重的费用。

许多村庄在干部领导竞赛号召之下,有组织有计划地进行了地道的修筑。地道修筑的形式,洞口的设计,各种各样,据不完全统计,有一百多种。如在任邱的××庄,他们地道修筑是这种形式的:每六人为一小组,每天挖三丈,每隔若干丈,挖一深八尺、长六尺、宽三尺之口,而后由内向外掏土,一般的高四尺,人可以在里面屈背而行,宽三尺,二人可以侧身通过,洞顶离地面至少三尺,这样可以不影响到耕种。村内地道,就在街上挖,与各村相联的,就在野地里通过,挖的时间定在下午,一般的到半夜停工,在竞赛号召之下,分段分工进行得很快。

地道内设有大量的通气孔和出入口,这些出入口大半安置在秘密地方,使敌人不易发觉,只有他本人知道,什么地方有秘密的洞口和通气口。地道内挖有许多迷惑洞(又叫做欺骗洞),在地道转弯处,分成若干岔路,有活路也有死路。又利用枯井与地道相通,造成许多"陷阱",一经跌入,便无法逃走。地道的各个洞口,挖下深坑,坑内插着尖刀,或者埋上地雷,上面盖上翻板。当人民进入地道之后,即抽掉翻板,即使被敌人发觉,追踪下去,因为抽掉翻板,敌人下去,不是中了刺刀,就是中了地雷,在里面送掉性命。敌人是不敢随便下地道的,叫伪军下去,伪军不敢下去,纵然下去,他也是很怕死的,一到下

面即自己高声报告:"我是伪军……"那意思是叫下面人民不要处死他,这样,他虽然不死,但也不会再上来当伪军了——投诚了我军。

地道中间,都挖有凸凹过门,叫做"子口",狭小得只容一个人匍匐通过,只要有一个人拿一根棍子便可以守住,真是所谓"一夫当关,万夫莫开"的险要去处。每家的地洞,每村的地洞,如果没有熟悉的人领着,不但是走不进去,纵或万一让你碰进去了,也碰不出来的!村与村的地道,有"接合部";到接界处,过村时即由另村负责领导。甲村的人到乙村,吃饭时,付粮票,每日计算,由政府用粮食来调剂。

每个"子口"之处,设有防毒设备,一经发现毒气,即可放下吊板,用土堵住。另外洞中通有枯井,敌即使放水,也不在乎,所有的水便会从枯井流掉。

地道内部每隔相当距离,便有一个大洞,能容一二百人。有人洞,有畜牲洞,大洞里经常放有熟食、开水、灯火、被盖、厕所,在这里住个几天是不成问题的。村里地道之间,和各村相联之地道,又有很灵便的通讯联络,一拉铁丝,铃声即响,从铃声多少即可传达敌人多少,互通情况。

地道洞口和顶上,到处埋有地雷,使得敌人无从下脚,一触即死。万一敌人到了洞口,洞口还有武装警戒,隐蔽在旁边的掩体内,专门守候到地道来送死的敌人,第一是:敌人下不去;其次是:下去了,就上不来。

村庄与村庄之间,地道是贯通的,纵横交错,构成地下的惊人的地道系统,在地下创造了攻不下的堡垒,使得在地面上被敌人占领和分割了上千上百的村庄,在地下连成一气了,造成地下城市的新面貌,敌人称蠡县的三区有两个:一个是地上三区,一个是地下三区,敌人对之却总是束手无策!

有了地道,不仅人民可以生产,工作人员可以坚持工作,民兵能够坚持斗争,进一步,可以打击敌人,坚持平原的游击战争,开展了平原游击战争的新形势。

四、血债是要用血来偿还的

地道斗争是平原人民游击战争的产物,这一新的斗争形式,是带有很浓厚的群众性的,如地道不普遍开展,只是个别地区有,而这个别地区的地道斗争又是孤立的,那它不但不能够发挥其应有的辉煌作用,有的时候还会遭到不应有的损失。

像定南县北垣村的惨案，是应该深深记在脑海里的。

在地道战发展初期，定南县的地道还不普遍，虽然北垣的地道修筑得很好，但也无济于事。一九四二年五月二十八日，敌人从定县的子位、新营、市庄等据点出动了三百多人，向北垣村一带大举合击。北垣村附近的村庄大半都是没有地道的，于是东西赵庄等十多个村子的人民，都向北垣村的地道里去隐蔽，没有秩序，人挤人很紊乱。上午八时，敌人开始向北垣村进攻，县游击队和民兵做了五小时之久的顽强抗击。敌人将要接近村庄时，游击队和民兵准备入地道继续抵抗，但当时地道内的秩序甚为混乱，使得他们无法展开兵力。

因为地道内缺乏组织，道口也没有必要的武装警戒，附近各村群众涌入地道的时候，没有详细地检查，给汉奸混了进来，到处造谣，使群众不知所往，拥挤在道上。县游击队和民兵既然没能展开兵力，有效地打击敌人，而村内又没有广泛地布置地雷等爆炸物，地道顶上也没有埋设地雷，使敌人得以从容挖掘。敌人从地道顶上掘开了一个口子，放进了大量的窒息性的毒瓦斯，于是八百个赤手空拳的妇孺老少，因毒瓦斯窒息而死，无声地躺倒在地道里了。

八百人虽然倒下来了，但是平原上八百万人站起来了，伸出一千六百万只手，向敌人讨取这鲜血淋淋的债务！

血债是要用血来偿还的！

五、辉煌的胜利

从北垣村惨案，平原上的人们，得到了经验，得到了教训，他们学会了怎样运用地道这一斗争形式来和敌人搏斗。

由于地道斗争的广泛开展，即连在据点上周围的村庄，人民有了退避依托之所，工作人员有了凭借，可以大胆进行工作。

例如做政权工作的王同志，在一老百姓家里住着，发觉敌人要到这村来。房主告诉他不要紧，屋内有个地洞，但未说明在何处，就匆匆出去观察敌情了。一会儿，一个敌兵来搜索院子，王同志被发现了。但是只是一个敌人，不敢进入，更不敢对他处置，那个敌兵回去报告，很多敌人来了，可是依然不敢进屋，就叫老乡先进去。老乡进去，见王同志没钻洞，连忙掀开洞口，让王同志爬进去。这个洞口原来是在墙壁上，把墙挖一个窟窿，再用和墙一样颜色的假墙壁封好，谁也难以看出来的。老乡把洞口封好，出来告诉敌人里面没有人，敌人不信，进去一看，果然没有。敌人把老乡吊起来拷打，说他家有地洞，敌人到处搜索，用脚在地上踩，却无痕迹。王同志入了地洞，转移到别村去了。而敌人见到处搜寻没有地洞，也就只好算了。

这是地道消极作用的一面。

民兵斗争和地道斗争结合，从单纯的防御，进而变为积极的进攻。

试以大曲堤村为例。

大曲堤村得知了莘桥据点的敌人要出动，这个村庄的民兵就决定：如果只有一路敌人来，就打；要是数路呢？就转入地道。敌人只来了一路，民兵就迎头痛击；整整战斗一小时，打得敌人摸不清情况，死了四个敌人。附近各村的民兵听到这个消息，都全体出动，前来增援，到处是枪声、土炮和手榴弹的声音，敌人终于狼狈溃退了。

这之后，敌人出动，大曲堤村的民兵，首先在村外打击敌人；要是抵抗不住，就转移到村边的高房顶上，拿手榴弹、爆炸物打击敌人；如果敌人冲进了村子，又占领了街口，民兵就由地道下面转移到村中间的高房子上面，继续打击敌人；要是敌人也上房，把民兵包围起来呢？民兵就由地道转移到另一个高房，跟敌人斗争。倘若这样打不行，民兵就从地道转移到村外，一方面坚守地道口，一方面从外线袭击敌人。这样，有了地道，可以出没无常，纵横自如，敌人对平原上的人民就无可奈何了。

地道斗争的开展，倘若只是作为退避之所，离开了武装斗争，那会成为消极的逃跑主义。地道斗争和爆炸运动结合起来，就丰富了游击战争的内容，创造了更加生动的游击战争了。

一九四二年五月大扫荡的时候，敌加岛大队长，率领了七百多名步兵，向藁无××一带围攻，事先我们得到了情报，民兵就配合县游击队和一个连正规军，动员布置。一部分武装依据村庄土岗与坟地迎击，其余的则在村内准备，群众进入地道。村边，街口，地道口，地道顶，草堆中，房屋里……到处都埋了地雷。村外武装给敌人以大量杀伤之后，敌人才拼死冲到村口，马上踏响了很多地雷，炸得敌人尸骨横飞。这时，我武装部队已上了高房，又用手榴弹向下打击敌人。待到敌人抢占了高房，我部队就入地道，在各个洞口出没无常，不断绕到高房下面，向上投手榴弹打击敌人，敌人受到伤亡，也看不到我之踪影。地道洞口的小掩体内，都有民兵警戒，观察敌情，守卫洞口。通讯员提着小灯笼，往来联络，指挥部则发布命令，不断袭击敌人。这样不断打击之下，敌人已经伤亡百余名了。到这时，才发现一个洞口，于是派伪军下去，伪军一进洞口，就被守卫洞口的民兵一枪打死了。敌人马上进行挖掘，企图把地道破坏，消灭在地道下的无数人民和军队。但铁锹一挖，埋在地道顶上的地雷爆炸了，敌人给自己挖掘了坟墓。这时已到黄昏，当夜晚到来的时候，敌人知道更是八路军和民兵的世界了。加岛队长只好垂头丧气，带着残余的队伍，懊丧地窜回据点去。

像这样辉煌的胜利，是写不完的。

六、攻不破的堡垒

敌人屡次遭受到英勇军民的打击,地道成为敌人"迅速肃清平原"的一个最大障碍,这样,所谓"确保占领区"便成了纸面上的空话了。

敌人对这个问题感到棘手而烦恼了。

大队长以上的敌人上天津开会去了。这个会开了两个月之久,会议唯一的课题是:如何对付大平原上人民的地道战。最后,总算想出三个办法:

第一个办法,不要这个地区,但是不行,不仅要继续"占领",还要"确保"呢!

第二个办法,把这个地区的人民都杀光,这办法,倒的确是很彻底,不过,在没有人民的土地上,大概一个兵也活不了的,何况人民能够让敌人随便杀光吗?连敌人自己恐怕也不相信有这种可能。

第三个办法,是把平原的地道翻过——一边挖得很深,多余出来的土,就垫高一边,这叫"挖大沟":二丈阔,二丈深。这办法实行以后,一时,的确暴露了一些地道,也受了一部分损失。

但是,道高一尺,魔高一丈。

新的斗争,产生了新的经验,人民的智慧是无穷的,平原上的人们,又创造了新的地洞。

什么是新的地洞呢?由于军事秘密的缘故,目前还不是发表的时候。

地道斗争是平原游击战争中人民新的创造,它在反蚕食斗争中,在巩固和扩大解放区上,起了伟大的作用,在人民游击战争历史上写下了灿烂的一页。

可是要记取北垣村的血的经验和教训。

地道斗争必须要普遍开展，使区村之间形成有机的联系，避免敌人集中力量突击个别目标；地道的修筑要有计划，人民下地道要有组织，避免紊乱和暴露；地道斗争不能孤立起来，必须和爆炸运动结合起来，这不仅是保卫了地道，同时也可以杀伤敌人；地道要和武装结合起来，才能发生最大的力量。地道保卫了人民，人民也要在各个道口用武装来警戒，保卫地道。

这样，进可以攻，退可以守，就形成了生动的人民游击战争。

这样，地道就成为攻不破的坚强堡垒！

1945 年 6 月 14 日

诗人节　重庆

在深林一样的马路上

晚上十点钟,三个人在徐家汇站了好一会儿,大家商量:能够叫一部祥生汽车回到我们那个所谓的家里去,当然是最好的办法。可是把三个人身上的钱集拢起来也不过是四毛小洋的样子,给汽车的小账是多一点,可是给正账却差得很远。走回去当然也是顶节省的办法,然而据说有点不方便;结果还是坐洋车的意见通过。

街上很黑,天上也不过只有几颗零落的星星,靠着洋车上微弱的豆油灯的光亮,在深林一样的马路上前进。

虹桥路白天走的人就不多,黑晚走的人当然就更少了。不讲行人,连警察的影子也看不见,静静地,街边两排树一个靠着一个地伸下去。树根上端部分涂着白粉,更显得上面的树叶子很黑,有时在转角处,乌黑的树叶里也偶尔显出一点凄黄的灯光来,有气无力地照着柏油马路。

我们在车子上,三个人谈天,扯淡,三辆车子并在一块儿走着,在静寂的空间只听见车夫的脚步声和我们的谈话声。

没有一刻钟的工夫便到了铁路,一盏血红的灯横在我们的眼前,上面有四个中国字:小心火车,另外还有三个英文字拼成半圆形:Beware of Train。过了铁路,除了我们车子上的三盏灯以外,简直看不见一点儿光亮。

远远听见人声,简短的两个字:

"站住!"

我们三辆车子莫明其妙地仍旧一个劲向前面拉去。慢慢又听见了有人大声呼喝:

"不准动!"

隐隐地我们看明白了:前面有三四个黑影子在蠕动,另外好像还有点什么东西在那儿。我们这时候才感到有点怕了,知道前头怎么一回事,虽然我们身上没什么值钱的东西,然而剥去一件长衫,第二天就没有得穿;拿去一支钢笔,以后就没有笔写;老实说,那时候要是可能的话,我们真想掉过头来回去。心里虽然这么想,但是嘴里却讲不出话来了。把心倒吊在半空,任车夫去摆布,反正我们坐在车子上,前进和后退的主动权我们是没有的。

车夫也许很聪敏,也许很笨,他们不管三七二十一地把我们三个人向前面拖去,渐渐地在我们面前的事物更看清楚了:有两个穿着黑短衣的抓着穿绸长衫的一个商人模样的人,旁边有一辆空车子,车夫像木头似的笔直站在旁边一动也不动,我们走近去的时候,声音倒没有了,他们懂事地哑然地隐到更黑暗的地方去,所以他们的嘴脸我们没看清楚。

转过来,才看见中山路上的路灯;回过头去看那黑暗的虹桥路,我们还担心着。车夫却比我们神气多了,他们说:

"怕啥事体,我咧六格人打也打死伊拉!"

他们仍旧慢慢地向我们的家拉去,我却担心着怕他们赶上来,这也许是有点过虑,然而是可能的。一直到了家,三颗颤抖的心才安静下来,看看日历,今天是——一九三六年五月二十一日。

从上海到香港

（一）再会——孤岛上的同胞

　　一个共同的目标——到内地去工作——把我们十个人从不同的地方集来在一块儿。买到了太古公司去香港的船票，我们决定二十日的晚上十一时前上船。因为船是二十一日早上六时开。

　　每个人悄悄地走到船上的时候，江海关的钟正指着十一点零五分。我惊奇地发现两个英勇的同志，临行前几天他们都给家里发觉而被监视着了。然而都到了，只有一个同志要明天早上五点钟来。

　　船临时改到明天午后四时开了，这可糟了。因为有两个同志留条子在家里的。明天早上船不开，一定要给家里发觉，到船上来抓回去的。第二天，真的家里人来了，用威胁和情感逼着回去。可是她留恋地不肯走，最后被逼得非走不可的当儿，她低低地说："我还要走的！"另一个同学（俞振基）也给家里人看住，但是我们知道他不久也会来的。

　　这样一来，我们一共是八个，其中有庄如英、高辉伦、江泽泰和吕金华等。

　　在悠扬的送别的音乐声中，轮船离岸而去，渐渐地远了。

　　亲爱的孤岛上五百五十万同胞，我们走了，希望你们照着以往的精神去奋斗，不久的将来，我们一定可以狂欢地相见的。

（二）新的伙伴

由于船上人多和过去的经验，我们谨慎地尽可能不聚在一块儿，当然更不提队中的事，是个人出去有事似的。出了吴淞口，却又感到自己太过虑了。

本来大家不免都有点胆小，慢慢谈起来，不禁都失笑了。大家真是向同一个方向走去的。两个身体魁梧、皮肤黝黑的青年是去考航空学校的。三个比较瘦小的人是去投军的，还有，也是和我们一样地去为抗战服务。于是我们谈论就无忌地畅所欲言了。

新的战士在不断地增加着。于是，更增加我们对于抗战最后胜利的信念。

（三）一个小小游艺会

第二天船航行在浙江海面时，几位性急的同志，有点不耐烦于旅途的悠长了：

"什么时候了？"

"为什么还不到呢？"

"到香港要四天哩，哪里很快就会到哩。"有人这么解释着，其实问的人又何尝不知道哩。为了打破旅途的寂寞，一位沪江大学毕业的某君，用纸写条子请我们参加游艺表演。这是一个稀有的好机会，不该错过。征集了游艺节目以后，我们开了个小小的游艺会：

首先唱救亡歌，庄严伟大的歌声，在孤岛上好久没有听见了。这次听到，我们得到了一种伟大的启示，我们像会到了久别的慈父。一位朋友唱过英文歌，随着是口琴独奏。高君，他是到重庆参加交通兵团工作的。他有服务经验和感想。他告诉我们很多宝贵的经验，和现在中日两国交通兵团的情形，最后希望大家"打回老家去"！

其次是高女士独唱松花江，凄凉悲郁的哀歌，大家听得都黯然无声，不禁伤感起来了。等到沈言须同舱里全体旅客唱义勇军进行曲时，哀伤的情感，又不禁转而奋发起来了：

"冒着敌人的炮火，前进，前进！"

最使我们惊奇的是连一位四十岁左右的太太都笑嘻嘻地跟我们唱。在紧张的情绪中我们结束了这个会。

（四）活跃的汕头

船二十四日早上到汕头，停了六小时，汕头已变为国防的前线了。我们一行人都到岸上去看看战事紧张中的汕头。

三十年前的汕头人口不过三四千，商店也就可想而知了。可是现在的情形却大大的不同了。商业上，汕头在国内已占着很重要的地位，而商店也林立在马路两旁了。我们初以为上岸时间太早，所以店铺还没开门，可是后来到了九、十点钟也是如此，原来因为空袭，大部分人都到乡下去了。留着的人完全组织起来，即连人力车夫也编队训练，每天有两小时的训练。壮丁训练每天是四小时，上午一小时，午后一小时，晚上两小时。还有流民，都集中在一块，给他们地方住，给他们饭吃，给他们训练。大家热切地渴望同侵略者拼一拼。即连三岁的小孩子也知道我们的敌人是谁！

潮汕一共有一百七十万的壮丁在受训，随时都可以动员的，而事实上他们已在同侵略者战斗了。在路上我们会见游击队第二大队的一个队员，他昨天刚到南澳打了六个钟点回来。我们的战士都英勇倍人的,而且,会泅水,有的躲在水里两三个钟点不露头也没有关系。打起来的时候,一只手拿着刀,一只手拿着枪,跳下水去,见到敌人不是一刀就是一枪,而敌人的重兵器如炮之类都失去效用。

潮汕的游击队由翁照垣将军负责,他是总队长。潮汕的人都在等着敌人上岸来厮杀,可是敌人到现在却也不敢上岸来!

(五)三十二小时的监禁

二十五日晨六时船便停在香港了。验过种痘和打防疫针证明书后,望着头、二等舱的客人上岸去,我们三等和统舱的客人像囚犯似的要关在船上二十四小时。因为我们是从上海来的,而上海已被认为是瘟疫区域了,所以要等二十四小时给医生来检验;然而头、二等客人也是从上海来的呀,为什么可以上岸呢?据说这是洋鬼子的规矩。

既然到了香港,好的,就等二十四小时吧。可是等过了二十四小时,挂在船上的黄旗依然在微凉的海风里飘扬着。黄旗是医生叫挂的,医生不签字不能下黄旗,而黄旗不下,一切船只都禁止靠近。于是我们都如无期徒刑的犯人似的在焦急和盼望中等待着。望着每一只小汽艇驶近时,以为是医生来,然而总不是。希望如浪花似的起了又无声地消逝了。

"中国人到中国的地方为什么要受这样的罪?"大家都不平地发着这样的怨声,"当我们战胜敌人时,我们也要把香港收回来!"于是掌声雷样地在船上震荡着。

终于一位医生来了,排着队在医生面前走过,这就是检验。纷乱中跳上小汽艇,向维多利亚岛上驶去时,我们已足足地等了三十二小时哪!

粤汉途中

列车——在恐怖的原野上行进着

（一）战斗的黄沙站

几乎日机每次空袭广州时，目标都集中在黄沙站。黄沙站这三个字对我们是有着恐怖的意义的：许多许多的建筑在这儿化为瓦砾了，许多许多辆的列车在这儿炸为粉碎了，许多许多人在这儿惨痛地死伤了！想象之中，总以为黄沙站早已变为荒凉的墟场，寂无人烟了。事实却又不如此。

当我匆匆忙忙赶车时，送我到长沙去的之洪兄指着前面的房子对我说：

"这就是黄沙站！"

我不信任地奇怪地望着：这就是屡被轰炸的黄沙站吗？是的，这就是黄沙站！

月台给毁了，纵横交错的路轨上也的确堆着好几节被炸的列车，负伤的躺着，身体已破碎支离了。车站旁民房也都倒塌，只留一堆瓦砾。这瓦砾里有慈祥的父母，有年青的少男少女，有可爱的天真孩子；如今只有阵阵的秋风来凭吊了。侵略者虽然能够摧毁我们的物质，

可是二千磅的炸弹，炸不了我们的百折不屈的战斗精神。车站上的负责人，依然在静静地卖票、查票……站旁修理车子的机器依然在破瓦残垣中工作着，机器不停地转动着，无数只手不停地动着；并且不远还有许多枕木和铁轨，准备着侵略者随时来轰炸，然后好修理。

炸吧，你尽量地来炸吧！我们不怕炸。

（二）恐怖列车

车慢慢地开出月台，从车窗望出去：葱绿夹着深黄的原野上，有着一座又一座的被毁了的建筑，残体无力地支着渐渐而来的黄昏。

"粤汉路真危险啊！"

不知是谁忽然这么随便说了一句。这话像是数不尽的恐怖的种子似的,播种在每一个旅客的心田上,大家旋即小心地警戒着,而恐惧于日机来袭了。过虑地注视着车窗外的树木和天空,一方面看真的有无日机,同时又想事先找到一个可以躲避的安全地带。但是,列车是加速地在行进着,即使找到了一个地方,可是一眨眼便就飞也似的过去了。于是在车厢里寻觅车厢的每一个角落都充满着恐怖的成分——没有安全不炸的地方。人心都悬着,恐怖在无尽的原野上和连绵起伏的山间毫无顾忌地前进着——过了一个山洞又是一个山洞……

(三)一个准汉奸

车上的人并不十分挤,全都是到汉口和长沙的。老资格的旅客,当黑暗伸出无比的巨掌覆盖丰腴的大地,深远的天空不断地闪出数点明星时,吃过了一点东西便都躺下来睡觉了,我和一些朋友却不知道疲倦似的在聊天,不时向车窗外偷看一两眼,一幅又一幅的风景比赛地跑过去。

在我们闲谈时,一个穿白色的破衬衫的胖子,不时地绕来绕去,坐了一会儿走了,可是没一会儿又来了。我们奇怪地注视着他。他似乎也知道有人在注视着他,态度因而就不自然起来了,于是流动得更快。我们就更注意他,并且还暗暗地派了一个朋友跟着他。

有一段时间他不到我们这节车厢来了。

可是到了一个记不起叫什么名字的站头,那时候约摸有十二点钟左右,他凸起大肚子,两只手抱着一大包东西,一划一划地走进来,怕人看见似的歪着身子很快地溜过去,走到车的另一端不走了,鬼鬼祟祟地把那一包东西放进女厕所去。自己想走开,并且真的已向我们这头走来了,可是望见我们派人跟着他,那位朋友到女厕所去张了一张时,他马上就赶回去站在女厕所的旁边。

由于他把那包东西抱进来时的吃力样子,我们知道这东西的分量很重,因而怀疑到不是什么好东西,现在是一个机会,不可失去的。一方面叫那位派去的朋友跟着他,另一方面我们去找宪兵。

宪兵来时他就远远地避开了,可是等到宪兵走近女厕所要进去时,他又不舍地倒回去,一步抢先跨进女厕所,可怜地跪下来了:

"请你先生做做好事。"

边说着边作揖,似乎请求宪兵不要打开那包东西。宪兵却坚持:"不管什么东西,非打开来看看不行……"

于是打开来了:一盒一盒铜匣和图章,里面的图章全是象牙,外面的铜匣红得耀眼,一望便知道是劣货。在民族存亡危急的当儿,他居然做贩卖仇货而且是走私的勾当!无数双眼睛愤怒地集中在仇货上,集中在那个胖子和宪兵身上!

他虽然并不是一个汉奸,但是一个准汉奸却似乎是毫无疑义的;初以为宪兵要把他带去问一下,他们咕噜几句,去了一会儿,他却又平安地,当然是垂头丧气地回来了。并且在车子的另一端的座位底下又拿出很多东西来把它重新放好了。

我莫明其妙为什么宪兵这样的宽宏!

(四)从永济到四公坑

过了永济,没有一会儿工夫就到歧门。歧门那儿在两山之间有一条蜿蜒的溪流,自上而下,好像来自天上,所以水流很激湍,碰着溪中的礁石时,一个个一阵阵浪花飞起,又一个个一阵阵消逝了,无声地流去,于是又是一个个一阵阵浪花……几只小舟扯着帆,饱蕴着温暖的带燥气的山野的风,逆水而上,好几个人沿着一条黄线似的岸,背着纤,咿咿呀呀地踽踽地前进,象征我们这伟大然而艰苦的时代。

有时沙滩躺着一叶孤舟,四野无人,静穆的空气中只看见潺潺的溪声与虎虎的风声。由歧门到四公坑,车子便在山边溪旁,融入大自然的怀抱中。

四公坑原是一个小站,快车是不停的。要等一趟兵车过去,就不得不停了下来。这时候正是清晨,大家都下车到溪旁找水洗脸,洗去了一夜的疲劳和恐惧!兴高彩烈地在溪旁溜达着。

一个多钟点后,十几节兵车远远而来了。从车厢里伸出头来向我看的全是民族的战士和无家可归的难民。大家于是都唱起义勇军进行曲:

"……冒着敌人的炮火前进!"

(五)马当归来的战士

在醴陵站,跳上来很多的武装同志,有几个是受了伤的。我们这节车原先倒不十分挤,现在可挤满了,坐到我旁边来的是一位左手受了伤的战士。我于是和他谈了起来,他是×××师里的一个下士,从马当回到后方医院来不久,现在预备到长沙去。

马当,这是一个多么动人的名字,是我们国防线上的天险,是九江的门户,可是马当、九江都丢了!马当为什么丢得这么快?这是谁也想要知道的事。他愤怒地告诉我:马当的工事是做得顶好的,侵略者的兵舰要想冲过封锁线是一件极困难的事。但是,说到这儿时,他不禁叹了一口气:这也是天数(他是一个宿命论者),老天早不下雨晚不下雨,偏偏在侵略者进攻马当时下了二十多天雨。这样可糟了,水涨了起来,于是侵略者的小型浅水舰能开了进来,横冲直撞,再加上飞机惨无人道地乱炸,困苦地守了一个多星期的阵地遂不保了。他就在这时候受了伤,是枪伤。

他用右手指着左手的中指和无名指给我看:"这只手可废了——没用了,里面的筋断了。"他伤感地搓动着这两个手指。

"慢慢也许会好的。"我这么安慰他。

"这次在江西打,不比从前在上海,连一个救护的人也没有,老百姓都走了,一个人也找不到。重伤的只好躺着等死,像我这样轻伤的,才算是逃了出来,自己爬上车子。从前在上海打,多少老百姓来救护啊!……"他向我诉说。

"是的,后方的人要到前方去救护伤兵们的。"

"对啦,把我们救护下来,好再上去杀鬼子啊!我到长沙就预备去报到,即使现在死也死得光荣的……"

他兴奋起来,左手的枪伤也忘了。

(六)细雨蒙蒙中到长沙

不知不觉地车外已下了好久的雨了。到长沙西站时,细雨蒙蒙如帘子般地挂在车窗之外,低矮的房屋排队似的立在雨中。进站后,站满月台的全是英勇的战士。预备乘车开到前方去。寄语前方的战士:我们不久就要来的,朋友!

1938年8月11日写,汉口

长沙印象

走出长沙车站,雨下得更大了,再加上风,简直在路旁一步也不能停留。雇洋车到八角亭天乐居旅馆,原先据说至多也不过一毛钱,可是现在出上两毛钱也不肯去,非六毛不可。后来由一位老同学(他是在军队里做事的)代雇了,依然是两毛,而且伏伏贴贴的,因为那位老同学对他说不拉也得拉。起初,以为老同学的态度有点不大对,后来才知道是我错了,对湖南人的态度有些时候倒的确需要这样,否则不是吃了亏便是做了上海所谓的"阿木林",要被"敲竹杠"的。

到了天乐居,不但是没有人招待,连找到二楼的账房时,还叫我们等一等。"等一等"进了房间,要点洗脸水时,茶房说"吃饭啰!",那意思是叫我"等一等"。待慢、强悍、肯干是湖南人的特性。后来我在湖南抗总会的工作报告的序文上看到这样一句:"中国若亡,除非湘人死尽。"换句话说,如果有湘人在,中国决不会灭亡。这话是有他的至理在的。像过去的曾、胡、彭、左,近来的黄、蔡、宋、谭,都是湘人。即在这次抗战中,湘人也尽了最大努力。

自从张治中到湘后,一般地说是较过去改革得多了,最有成效的当然是地方行政干部学校,这是由张氏自己兼任校长,校长之下有校务委员会,常委有三位,其中之一是曾主办过河北定县平民教育的晏阳初先生。这学校分三部:一是教授部,二是训练部,三是指导委员会。教授部里注重各种地方行政学科,像警察,自治,教育,卫生等等;训练部里是偏重军事方面的管理和训练;指导委员会则致力于主义的讲授和小组会议的讨论。第一学期的学生有三千多,全部分发到各县去,担任地方行政机关里的各部重要人员。这方面的效果,是可以预期的。

长沙一般民众的救亡情绪相当的高,不过因为领导的人没能够尽量地把工作展开,大部分民众还是在想起来干,而似乎不知从何做起来的样子。所以更高的救亡情绪是潜在民众的心里,并不会尽量地表现出来。一般的人也未始不知道民众的力量,但多数是怕民众的,怕民众训练好组织起来仿佛会对自己有什么危险似的,其实是错误的。要想抗战胜利,是离不开民众的,要民众自己参加才能够更有把握地达到"抗战必胜建国必成"的国家。

各救亡团体全附属在抗总会的总领导之下的。所谓抗总会,完全写出来是"湖南全省人民抗敌后援总会"。这抗总会附属有"文化界抗敌后援总会""新闻记者抗敌后援总会""工人抗敌后援总会""学生抗敌后援总会"等十七个救亡团体。工作大半是慰劳,募捐,救护和教育伤兵等。一般地说来,工作并不十分紧张,比较上是不大活跃的,因为这个抗总会虽然是"湖南全省人民"的,可是事实上和人民还有相当远的距离,比较上算是活跃的倒是基督教青年会,他们组织战地服务团,救护队……

现在长沙已变为我们前方的后方重镇,长沙的工作理应马上赶快加紧起来,不健全的机构马上赶快加强以致于改组起来。有些事不是临时想做就可以如我们理想得那么容易地能马上做到,尤其是训练民众,动员民众,组织民众,不是要,民众随时就会跑来的。

虽然武汉日趋紧急,而长沙也不断地遭到日机的轰炸,但是一般民众倒还安定，走的人并不十分多（走的人大半是到桂林和湘西的）。

到长沙第二天决定到岳麓山的湖南大学去看看，湖南大学在四月里曾经被日机残暴地乱炸了一番的，虽然隔了三四个月来看或许看不见什么，但被炸的痕迹大概是可以看出来的。

由八角亭到湖大，需要先到灵宫渡过湘水到牛头洲；牛头洲是湘水中的一个长长的小洲，长沙得名就是由此而来的；过了牛头洲得要再过渡才能到岳麓山。岳麓山并不很高，很清秀，并不壮丽，然而可爱；湖南大学就是在这样的一个环境里，建筑物散在树林里、山腰间。到湖大，先找一位老同学叶君，他是战争发生后到湖大来借读的。

他一边带我去参观被炸的地方一边对我做如下的叙述：

"来的那一天恰巧是春假时间，而且是礼拜天，所以同学在学校里的不多，不然死的不知要多少哩？那天下午来的时候，恰巧我有事到山上去了。好家伙，一来就是二十七架，这样的空袭在长沙可谓是空前的了。我一看不对，就跑到山洞的防空壕里去。二十七架飞机，整队地不管三七二十一就把炸弹乱扔一阵，轰隆轰隆，这么一来，就是一百多个炸弹，还投了一个烧夷弹，正中了图书馆，于是图书馆的书全都化为灰烬了，留下来的只是一个空壳了！"

恰巧这时候走到图书馆，空空四壁立于燥热的山风里，烧得很完整，一点也不留，这是侵略者一贯的破坏文化毒计中的代表作。

"第五宿舍也给毁了，"他接着对我说，"我就住在第五宿舍里，恰巧我在山上，不然我这个人也要像我的衣服、书籍一样地挂在树上、墙上了。我的什么东西都毁了，然而我还健在，我不在乎，尽管来炸吧！"他久病初愈的脸上马上兴奋起来了，"我不单是不怕他来炸，并且要到前线去找它去！"

"好！"我这么鼓励他。

"第五宿舍都毁了,敌机来的时候,有一位之江大学来借读的朋友正在宿舍里算数学,以为没什么,不曾躲开,回来时他的腿已经飞到树上倒挂了起来,他坐的地方全是鲜红的血,到现在我也忘记不了他,连做梦也梦见他,老实说,我还有点怕。"

"别怕,我们要为他报仇。"

"是的,我们要为他报仇!"

走过第五宿舍的残垣,又绕到科学馆,也给炸了一部分。

日机虽然能够炸毁了湖大的一部分,但同学抗战的情绪更高涨了起来。

望着湖大被炸的地方,我黯然地想起了南开大学、临时大学、光华大学……都给炸毁了!

武汉一瞥

（一）

要是你没事到街上溜达溜达，即便是一条很短的路，那墙上的壁报、大幅的漫画、红绿的标语和不时会碰到的街头流动的漫画展览会，定够你消磨一个下午的。在烦嚣的大街如中山路，五族街，汉景街，江汉路，张之洞路等更不消说了，随时随地有多群的人围在一张令人兴奋的壁报，或是大幅的漫画，和大幅的战时全国地图前面；大家无声无息地看着，只有从他们面部的紧张与松弛上才能够测探出涌在心上的愤恨来。从画和报上他们知道战事的局势，失去的土地上的故事和侵略者惨无人道的极可耻的暴行。

还有综合书、报、画、图而起来的文化供应队，他们不但供给你看，不但讲解给你听，更教你唱歌，更介绍你去参加各种的救亡组织。

五族街上新生活运动总会驻汉总办事处的五个样橱里的书，吸引了每一个路过的行人，停下来看一会儿。三个样橱里随着时季的转移，不时换了配合纪念日的礼品："七·七"纪念日换上了卢沟桥事变的英勇的战迹和经过情形，每幅油画前面还有一张说明书。到了"八·一三"就又换了两幅：一幅是侵略者无理冲入虹桥飞机场来挑衅的情形，另一幅是我们英勇的民族战士和侵略者在闸北肉搏的壮景。

武汉的街头上你看不见麻醉的广告,大腿的诱惑,你看见的是一幅幅叫人兴奋叫人振作的画面和文字;你听不见消魂的爵士音乐和"何日君再来"的靡靡之音,你听见的是悲壮的激昂的救亡歌声,即使是小孩子的嘴上也时不时流出《义勇军进行曲》和保卫大武汉的歌声。

(二)

为了避免无谓的牺牲,政府在六月中旬就决定了疏散人口的计划。这疏散不是逃避,而企图作为还击侵略者、消耗侵略者的准备。武汉的人民是在有计划地疏散中。去处主要有两个:一个是重庆,一个是桂林。

(三)

到武汉没几天,就参加了一个伟大的火炬游行,这是武汉美术歌咏等团体所举行的。先在武昌体育场集会,由田汉等报告游行和保卫大武汉的意义后,即出发。参加的有朝鲜民族解放同盟,朝鲜青年战时服务团,他们也不忘了祖国,从遥远的地方跑回来服务!动人的新安儿童旅行团和游击队的母亲赵老太太也参加在行列里,在年龄上这是一个很有意义的对比。旗帜最鲜明的要算中华民族解放先锋队的白底黑字和几幅大的布画。行列前面是两面朝鲜的旗和乐队,后面跟着一辆电影宣传汽车,不时领着队伍唱救亡歌曲、呼口号。

在武昌绕了几条马路,慢慢地到了江边,那时已是暮色苍茫,落日的余晖轻盈地浮在江面,起伏的波涛闪着不灭的金光,象征着武汉三镇民众的抗战情绪。

到了汉口,队伍更加长了,民众自由参加,电车挤满了人,车厢里的走道上下不消说全也挤满了人,即连车顶上也挤满了人,挤得满坑满谷的。

报馆书店也在移动中:《申报》已停刊,移到桂林出版了;《大公报》虽然还出,但在香港又出了香港版,别的报也多移去了,只有《新华日报》《大公报》《武汉日报》《扫荡报》等四家不做移去的准备,反而准备出到最后一天,与武汉一百二十万人共呼吸,与武汉三镇共存亡。杂志也大部分移到内地出版去了。曾经一时集中在武汉的文化人,业已分开向各处去了,担负起前线和后方的文化和政治工作。

儿童也在有计划地遣送中。这儿组织了一个战时儿童保育委员会,收容儿童,负责养育到战事结束,然后再送还给亲生父母。这件工作虽然很困难,但是极其重要而迫切的。侵略者每到一个地方,就把我们的儿童掠劫而去,受他们的奴化教育,以为将来华人杀华人的毒计的实现。这工作也收到了很大成效。起初一些父母固然免不了难舍自己抚养长大的孩子,但是很多孩子终于参加进来,连接得如一条长蛇似的,蜿蜒地在江边的柏油路上游去。当点起手上的火炬时,行列又如一条光芒万丈的火龙躺在街上,照亮了武汉的每一个角落。无数张嘴唱起了同一支救亡歌曲,波浪似的一起一落。口号更如连珠炮似的,不时从每一张不同的嘴里冲了出来:

"把敌人赶出去!"

"到敌人的后方去!"

"上前线去!"

"武装保卫大武汉!"

走到三民路孙总理铜像前,和汉口的队伍混合了起来,于是行列有如不尽长江似的那么长。拥挤在马路两旁的民众如潮水似的加入进来，怒吼的行列向每一条马路行进……正如辛弃疾念奴娇所吟咏的："旧恨春江流不尽，新恨云山千叠。"

（四）

最初到武汉时，奇怪为什么听不到空袭警报呢？在上海时不是常在报上见到敌人的八九十架飞机侵袭武汉吗？在期盼中果然来了：七十四架，八十一架……接连来了好几天。在江边望着三镇上一处处烟火升起，我想那烟火下的一座座民房给毁了，许多许多少妇变成了寡妇，许多许多的小孩子失去了父母……

武昌炸得很惨，小东门和长春观一带，房屋都倒塌得没有一间完整的屋子，巷中的电线杆如乱发一样地向下折断了，泥塑木雕佛像也给炸得身首异处，华中大学也遭毒手是不足为奇的，像南开、像中大、像长沙临大、像湖大都是他们的代表作。向华大的篱笆边下去，那儿躺着六七个给炸死的尸身……三栋壮丽的高楼，被炸成灰烬了，只留下如帆的空墙，静静立在血腥的风里。当楼倒下时，六七十个人给压死了，那儿又是一堆模糊不清的尸身……

汉口被炸的地方比较少，可是惨状也是一样的。最惨的要算汉阳。被炸的前两天，我曾到汉阳去过一趟，地方幽静得如一个和平的小村子。靠汉水边房屋既小又很简陋，古旧得很。街道也很小，差不多一辆汽车也不容易通过。这样的地方遭受起空袭来的恐怖是可想而知的。

江边一带和鹦鹉洲腰路街窥新巷……这些地方炸得最厉害。江边全是贫民和船户的住宅区，竟也遭了毒手，纵然江边的住户有一些人当轰炸时跳下水去，可是依旧跳不出刽子手的屠杀，把混浊的江水给染得通红了。同时烧夷弹对潜龙街扔下了一把通红的大火,在浓火烈烟下无数人死伤了,焦头烂额地东躺一个西睡一个。冒着熊熊的火焰,许多救护队和防护团不顾危险地在救护。

江岸和刘家庙一带被炸得凄凉极了。刘家庙靠铁路一带的平房都化为平地了。江岸炸后简直是寂无人烟。一天清晨,我到江岸去访一个朋友,当我踏进那位朋友屋子时,我惊奇地看不见一个人,墙上的白灰都剥脱了,柱子也倾斜欲倒了。院子是空寂的,屋子里也是空寂的,走到好几进后,才在边门里碰见一个人,他惊视地望着我:

"你先生怎么敢到这儿来?"

原来昨天这儿给炸了,死伤了好几十个人,现在人都搬走了。

望着炸后的残墟,我默默地为死者致哀,我们没死的要为死者报仇!

我想起刘克庄的《贺新郎》:"白发书生神州泪,尽凄凉、不向牛山滴。"

(五)

汉口市府为了纪念"八·一三",特地把旧日租界改为第四特别区,并且把街道的名字也改了。要是抄下来是这样的:

    东小路改为五卅(sà)街

    中街改为一二八街

    西小路改为七七街

    大和街改为八一三街

    平和街改为九一八街

    南小路改为郝梦龄路

    山崎街改为芦沟桥路

北小路改为姚子青路。

上小路改为陈怀民路

中小路改为刘家祺路

大正街改为虹桥路

新小路改为阎海文路

把日租界街道的名称改过，这是一点也不足以惊奇和满足的事。我们知道侵略者在虹口曾改变了许多的路名，如松井通、白川通等；而东北伪组织在"主子"的指挥刀下，也把东四省改为伪兴安北省等十四省，所以我们不但是不应该感到满足，而且要把松井通、白川通等改为姚子青路、郝梦龄路等，更要把东四省收复回来，把名称改过，这就是说："还我河山！"

（六）

前方战士前仆后继英勇地与侵略者斗争，用血和肉保卫祖国的每一寸土地，我们在后方的应该怎样努力工作设法来安慰他们。武汉各界慰劳前线抗战将士委员会，最近在征求慰问前方战士信三十万封，预备放在慰劳袋里分送给前方战士。这不仅是表示后方民众对前线战士的关怀，同时也可以借此鼓励士气。在后方的民众谁也应该尽这一点些微的义务的。所以第一天才登报公开征求，第二天总起来就收到好几万份。每一封信充满了真挚的热情、对前方英雄的战士的慰问；每一个字都是从肺腑流出来的；读起来当然是极感动人的，如一个十二岁孩子的慰问信：

"亲爱的叔叔伯伯：

日本鬼子真可恨啊！前天又炸死了我的邻居阿三。你们在前线打仗真辛苦了啊。等你们打退了日本鬼子归来的时候，我一定送你们一只好吃的苹果，甜得很呢！你们的侄儿阿林。"

看了这封信的人谁能够不被感动呢！

朝鲜青年也写慰问信。他们深深地感到亡国后的痛苦，他们迫切地想早日能够洗血海一样的冤仇。一位朝鲜志士这样写道：

"日本帝国主义是我们中朝两民族的敌人，而且是全世界被压迫民族的敌人。弟兄们！我们的朝鲜民族没有什么剩下了，现在我们剩下的只是血和肉，帮助伟大的中国抗日战争！"

这是悲凉的亡国惨痛的呼声，我们，不是复兴便是灭亡的老大民族，应该深深体味到这种呼声的惨痛，更应该趁着这有利的时候，用我们的血和肉来保卫我们的家乡，我们的祖国！

黄土岭的夕幕

　　黄土岭的南山目空一切地矗立在天空，四面的高山在它前面都显得渺小而低下了，如一头一头的粗暴的巨兽驯服在它的脚下。下面是一条深阔的山沟，像一条游龙，向西面奔驰而去，弯弯曲曲地，终于隐没在起伏的山峦里。

　　十一月的晨光斜照在南山，闪出紫藤色的光芒，含羞地对着高空上疏落地散着的淡红色的小云片，像是不注意地做错了一件小事情，忽然被人们发觉了似的。

　　不间断地，机关枪声咯咯地和着辨不清的异国的呼喊声，时时从山沟里浮腾上来，舒徐地萦绕在山头上，屈伏在沟里的一尊昭和八年所造的大炮，不甘寂寞地隔几分钟就向西面山头上打几炮，随着遥远的山上便腾起一阵烟土，弥漫在山头上，然后慢慢如雨一样地落下来，又露出晴朗的苍穹。

　　被包围在沟里的八百多敌军，由阿部规秀中将指挥着。他带着"扫荡"边区、消灭八路军的"雄心"，率领一千五百敌军，从涞源县城出发，踏进了晋察冀边区的腹地，却碰了一个大钉子——给八路军包围在沟里了。阿部中将指挥队伍向东面冲过去，想突围，给×团围堵住了，冲锋了好几次，像碰在铁壁上似的，通不过去。于是又慢慢掉过去，在大炮和重机枪的掩护下，又想冲过去，他发觉那儿也有"支那军"。"支那军"究竟有多少呢？阿部中将迷糊了，然而他不相信自己会被八路包围住，他隐蔽在一株落尽了叶子的枣树底下，用望远镜焦灼地向四面瞭望，看见落下阳光里的南山顶上光秃秃的，看不见有"支那军"扼守的形迹。他从心眼里笑开了：可以突围了，如果占领南山，还可以消灭四面山上的八路军，一百多个敌军在他的命令下开始向南山进攻了，二百多只皮鞋笨拙地向山上爬去。……

山上的确没有多少"支那军"，不过只有一个班隐伏在山头上，底下一点也看不见，但"季家湾"的三营已经向南前进了。

南山陡峭得如座悬崖，但是山腰那儿凹凸不平，若是隐伏着人，上面却看不到，一百多个敌军青蛙一般地一步一步向上爬着，山上的手榴弹对准向上爬的敌军扔下去了，好几个敌人顿时受伤，滚下山坡去了，其余的也跟着退了下去。

不到一袋烟的工夫，一阵机枪射击之后，一百多敌军又

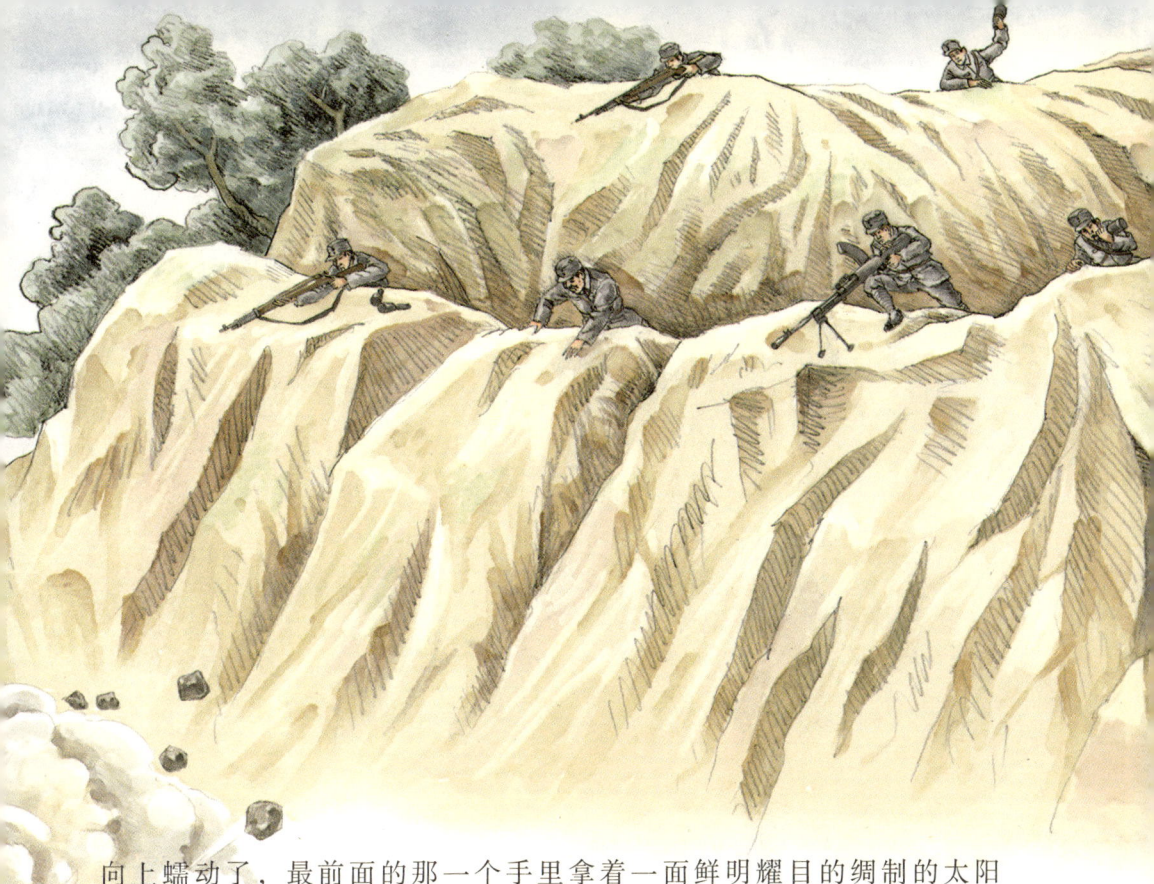

向上蠕动了,最前面的那一个手里拿着一面鲜明耀目的绸制的太阳旗,步子迅速地朝山上爬去,一边把椭圆形的手榴弹向上面阵地扔去;而上面呢,却不声不响地又扔下一阵爆裂的手榴弹,山坡上涌起一团团白烟,于是敌人又滚下去了。

季家湾的三营跑步赶到了南山,敏捷地布置好了阵地,原先守着阵地的一班人的胆子更壮了!

"鬼子你可别梦想抢南山了!"

然而鬼子还做着痴梦,并且阿部中将也下了"死命令"——一定夺取南山,只准前进,不准后退。

包围圈越缩越小了,阿部中将和他的部下生存的希望也越变越小了。四边山上的火力点交叉地布置好,只有南山是唯一的生路;而南山呢,从望远镜里他看不出有多少"支那军",冲锋上去的时候,八路军的机关枪、手榴弹就从四面投射出来,接着看见自己的士兵从山腰滚下,在山腰崩溃。

烦嚣一时的枪声、炮声、手榴弹声、呼喊声,如狂潮一般地急剧地涌来又急剧地退去,山野复归于静寂。谁也不知道这儿在进行着歼灭战,只有山沟里的敌人他明白:没头没脑地在山沟里蠕动着,咕噜着……屈伏在山沟里的那门重炮,无可奈何地向四面山上胡乱地放着,在荒芜的山丘上扬起阵阵柔驯如羊的泥土。

望着挂在天空的太阳,逐渐地偏西而低下去了,阿部中将狼狈地烦忧着:他所带领来"扫荡"边区的混成旅团和他自己的生命,也好像太阳一样地沉落下去。然而他不相信自己会被八路军消灭在山沟里。

——冲锋上去,一定要抢到南山!

又有一百多个,三八大盖枪上闪着明晃晃的长刺刀,一个劲地向上爬……守在上面的三营却还不知道他们又冲上来了,因为土坎子什么的挡住了视线;而山势呢,上面也不容易看到下面,同样,冲锋上来的敌人也看不清上面。

又有一百多敌人上来了。

卧伏在第一线的战士不声不响地像是不知道这回事似的等待着。

当敌人爬进轻机枪有效射程以内的当儿,机枪和着手榴弹奏出消灭敌人的交响乐:

卜卜卜吐吐、吐哐哐……从敌人手里缴获来的歪柄三八式机枪(qiāng)也对准它的主人清脆地响着:

咯咯咯……咯咯……

第一线有几个挂彩了,第二线的战士马上就补上去,手榴弹一团团的白烟在敌人中间升腾起来。顽固的敌人支持不住了,又一次溃败下去。

三营的弹药快完了,站在后面指挥的大队长又派了生力军上去接防。

阿部中将焦急地用望远镜直向山上看：他不相信，这样一个南山，冲了这么多次竟然还拿不下来，他感觉到一种无名的侮辱，而怀疑到混成旅团的战斗力了。

"向山上开炮，再冲锋上去……"

牲口上的子弹、炮弹直往下卸，但南山还是那么傲然矗立天空，冷冷地对着窜来窜去的混成旅团。

四面的重机枪和着大炮间断地向山沟里打下去，一堆堆敌军倒下去了，倒下去了……

倒下去的人越多阿部中将越发急躁，他叫跟在身后边的电报员迅速地发电报回去：快派救兵来。但是且慢求援，一颗八路军的炮弹从侧面准确地飞过来，哐的一声，阿部中将和他的电台都飞到了半天空，落下来的时候已分成数不清的碎块了。"扫荡"边区的"雄心"和他尸首一样地粉碎了！

冲锋更激烈了，一次溃下来，又一次补充，再冲上去，可是突不过八路军的周密猛烈的火网。

敌工小组的同志隐伏在岩石后面，一个人高声地用日语对敌军叫了起来。

喊话时，下面肃静，听完第一句，指挥官怕了，叫炮手不间断地开炮，用来掩盖这可怕的喊话，旋即冲锋又开始了。

这次，两面距离更近，只有二三十米远，敌人冲锋上来，一伸手就能够拿到上面的机关枪。机关枪射手提起来向下打一梭子子弹，就急剧地把枪收回来，不然就有被抢去的危险。

敌人又一次退去了！

大队长又派了两个连上来，可是又很快地把弹药放完了。

两面对峙着,忽然又听到南山上有人叫道:

"又上来了……"

营长见机枪射手伏在那儿不动,传过命令去:

"开枪向敌人打……"

机枪射手掉过头来指着压弹匣子摇摇手。营长旋即命令战士们扔手榴弹,可是手榴弹已不如以前那么猛烈了,只是节省而准确地扔下去,哐呀哐的,而敌人的火力还相当有力地浪费地向上射着,像敷衍上级命令般地攻了一下便又隐藏起来了。

"连长,手榴弹没有……"一个战士回头来叫。

"不准叫……"连长知道后面没有手榴弹可补充了,怕他高声叫起来给敌人听见。那个战士于是做一个扔手榴弹的姿势,向连长伸手要。他们给他的回答是什么呢?也还是做一个扔手榴弹的姿势,对他摇摇手,那意思是说没有了,他会意地不言语了。同样地,连长、营长又不断地回答了许许多多掉头来要手榴弹的战士。太阳已把他羞怯的红脸隐没到西边山背后去了,最后的余晖把那一角天空的白云染得很红,像是山那边发生空前未有的大火灾,在燃烧着。苍茫的暮色在它的后面,静悄悄地矗立在战斗着的山野。

严守南山的战士们都站了起来,枪上了刺刀,预备敌人冲上来就和他们拼刺刀——弹药已打得净光了,只有机枪射手留下最后一梭子子弹,不到最需要的当儿,再也不放了。

死寂占领了整个山野,西边讲话可以清晰地听到。蓦地有人在散发手榴弹:"给你三颗。""给你两颗。"……

战士们喜悦地转过脸来,哪儿有手榴弹呢?一颗也没有。但是他们明白了,于是接着说:"给我仨!""给我俩!""哟,又来一箱手榴弹!"……

被压在下面残余的敌人,听到上面在分发弹药,怯生生地伏着不敢轻易动颤,心里顾虑地默祷着:

——早点儿黑下来吧……

战士们都无忧地由敌工组长指挥,恣情地唱出了瓦解敌军的歌。

歌声没完,就引起敌军指挥官的恐慌,于是又是一阵机关枪和零落的炮声来扰乱歌唱。同时山腰上的敌人在偷偷看防御工事,已失去了冲锋的勇气了。一些敌军听到歌声松了劲似的蹲在那儿,还怯生生地遥远地瞅着上面"支那军"端着枪,枪口上的刺刀在茫茫的暮色中散发着光芒,一闪一闪的。四面山上"支那军"的重机关枪,还不时地向山沟里扫射着。枪声越逼越近,包围圈越缩越小了。下面又冲上来,旋即给刺刀打退了。

南山屹然不动地在茫茫的夕暮里矗立着……

1939年,12月

河北,唐县

开 荒 曲

——晋察冀军区政治部开荒剪影

生产委员和小组长从总务处里搬出一把一把的镐和铁锹,分配给每一个同志,说:

"同志们,工具要保存好了,这是从老百姓那儿借来的,不要损坏了……"

一班班的同志以班长为圆心,围绕成一个圆圈,争先恐后地拿起工具来,微笑浮在年青人的脸上。张秘书向班长拍着两只空手:

"我没镐……"

班长的手里也是空的,拿到的人像是得到珍奇的异宝,用手抚摸着镐,揹到肩上去了。张秘书找到目标了,他以商量的口吻,对旁边的一个同志说:"我们两人用一把……"那个人点点头。

军事教员的矮个子站在大队的前面要低一个头,声音却高大得使村子外的过路人都清晰地听到,大队在他的口令下,成一路纵队向村后行进了。

三月早晨的阳光,闪着镐的亮晶晶的光辉。黄色的行列蜿蜒地伸出村外去,政治部朱良才副主任也站在行列当中走去,生产主任吴处长领着。前面的人已开始爬山了。

诚朴的老乡们，站在路边，袖藏两只手，笑盈盈地对行列投出好奇的眼光，喃喃地说：

"队伍上也开荒了……"

"粉碎鬼子封锁啊……"另一个老乡记起前天民运部的一个同志与他谈，说是队伍上今年也要开荒，粉碎鬼子的经济封锁，保证今年的粮食，改善军民生活，一面生产，一面打仗。

队伍上了山，在生产主任的指挥下，一班班分散开，到分配的土地上去，指导员首先用镐向柔驯的土地上一掘，挖起一大块长着枯草的赭黄色的松土，用认真的眼光，瞅着那土，嘴犄角上漾着快意的微笑。

"这个土可肥哪……"

"你还没看到东北那个黑土……"有人发出不同的意见。

无数的镐有规律地向荒山一下下使劲地掘下去，一块块带草的泥土翻过身来，扬起阵阵的灰尘，给春风吹送到山坡下面去。一班人掘到十五分钟，另一班人迅速接上去……

朱副主任慢吞吞地从勤务员那儿走过来，站在土坎子上，大声地向佝偻地蠕动着的人群说："报告你们一个消息，勤务班做了火车头……"

这消息兴奋了山上所有的流着汗的人，他们不约而同地掉转过来，朝向较高的山坡上那一大片的土地上看去：他们低垂着头，佝偻着背，一个劲地直向上爬，一大片一大片翻转来的泥土在他们的脚下扩张开去。谁也没有言语，惭愧地掉过脸去，手里的镐舞得更加快了。身上的棉军衣脱下来，扔到旁边去了。

"张秘书，你开得太浅了——"教育干事孙同志指着他说。末尾那个"了"字的音拖得特别长。

张秘书的脸红了，可是他不承认：

"我开得可比你深……"

"咱们比比看……"

"只有部长开得最深……"别的人提出了公平的意见。

宣传部潘自力部长用力地开去,额角上渗透出粒粒晶圆的汗珠,头上浮起阵阵的热气,烟似的。

"宣传部加油!"

"组织部加油!"

勤务班休息下来的人,以挑战的姿态,激昂地向下面呼喊着。下面的人默默地开着,用加快速度来回答挑战的声音。相互鼓励着:咱们要赶上他们。宣传部一片土地全翻过来,随着生产主任的领导,又到了一块新的处女地上,那上面散布着凌乱的碎石子。指挥员叫把石子拣去,于是大家弯下腰去,拾穗似的,把一块块小石拣出,扔到山沟里去了。

勤务班那一大片土地也开完了，冲锋似的，一窝蜂地从山腰上跑下来，又开始开另一片土地了。

山下的篮球场上，聚集着两行黑点子似的人，整齐地，踽踽地向山上走来，是武家湾村儿童团来慰劳了。一个满十五岁的团长领导着，走到开荒人的面前，分四行站了下来，天真的小眼睛注视着舞动的镐，团长挥动着幼小的臂，指挥全体唱起：

"开荒，

开荒，

前方的将士要军粮……"

唱完了，那团长又挥起小手来，张开小嘴，高声叫道：

"欢——迎——你——们——唱——一——个——"

接着又是：

"青——年——科——长——指——挥——"

青年科长只是笑,勤务班里自动地唱起来了:"二月里来呀好春光……"

摄影科的干事捧着照相匣子把大家都收入镜头里去。

镐又舞动起来,朱副主任也拿着镐稳重地开荒,微笑老是挂在他的脸上。

三小时的辰光从镐子的舞动中消逝了。军事教员吹着哨:大家休息了。有的坐了下来,有的躺在山坡上拿起一本《中国革命运动史》在看,有的则准备着今天晚上就要举行的时事讨论会材料,静悄悄地坐着,披着中午倦人的阳光,来消除三小时的疲劳。勤务班却还是那么活跃,由军事教员指挥,向对面的山坡上提高嗓子嚷起来:

"欢迎宣传部唱——歌——"

宣传部沉默着。

"宣传部接受群众要求——"

宣传部唱了,但是勤务班不满意,唱得不好。这次该宣传部说话了:"请你们唱一个好的!"勤务班没话说了,刚要说的时候,休息过了,又开始举起镐来。

一小班人开完十五分钟,镐又到另一小班人手里,潘部长坐在山坡,拿起教育科刚编好的干部文化课教材,小声地朗读着,觉得有些地方不大妥当,自言自语地提出来:

"这一点,我觉得……"

教育科的蓝科长,那高大的身影映在翻转过身来的泥土上,边开着荒,边补充道:

"我看的时候也这样感觉……"

潘部长拿出自来水笔在草稿上急剧地改正着……

"还有两分钟了。"看表的人报告时间。

潘部长收起自来水笔和教材草稿，其余的人也合上书，跑过去接替了。军法干事张同志却认真地不肯放下镐，一边开着一边推辞道：

"还有一分钟，没到时间呢！"

"咱们接班了，多开一分钟有什么关系，你休息去好了……"

"不行！"他固执地、斩钉截铁地说。

到时候才放下镐，教育科女干事孙同志，身体虽然比较弱，可是她拿着铁锹气喘喘地用脚压着铁锹的上端，一大块一大块的泥土，浪花似的卷过来。

四面山上的镐耀眼地闪动着，嚓嚓地此起彼落地开下去，原先满长着枯黄蔓草的泥土，都翻过身来，潮润润地仰视着碧沉沉的高空。

各单位开完了地，又都跑到生产委员那儿去要分配土地了，生产委员说：

"今天时间到了，不再开……"他望着四面山上已开的地，"第一天开了十多亩，成绩不坏呢……"

大家注视着脚下润湿的泥土笑了：那泥土里大家用汗水播下了希望……

1940 年 3 月 6 日
曲阳武家湾

侵略者的最后

——百团出击散记之一

驻扎东团堡的小柴部队的甲田中队长,惊愕地放下耳机,旋即又摇电话打给北亮山的第二分所,和刚才打给馒头山的第一所一样——不通。村外的日头没有落,根据他以往的经验,八路军的游击队破坏电线总是在夜晚十二点钟以后,怎么今天日头还没有落,电线就断了呢?于是叫金翻译官带了十二个支那老百姓出去修理电线。

突兀地,馒头山第一分所的方向传来的枪声,使他们十三个愣住了。

"枪声!"

"这个事不好……"

"八路军来了……"

慌乱的声音不断发出,二十六条发软的腿匆匆地奔回村子里的本部去了。

甲田中队长也失去了情绪的平静,他细细辨别枪声,很密而且有机枪和炮声,这显然不是游击队,一定是正规的八路军了,而且很多。正在这时候,第一分所的黑田二等兵按着腮下的新伤闯进中队长住的屋子来,报告他第一分所的十二个人只有他带着花逃出来,其余都倒在堡垒里了,枪支也全被八路军抢走了,甲田中队长为这震人心魄

的噩耗所愤恨而恚(huì)怒了。他下命令集合本部里的四十多个士兵,说:

"我们到馒头山去……"

还没出去,北亮山又传来消息:那边接火了,而马龙沟又发现了八路军。四面传来八路军的激昂的冲锋号的音响。从号音里听来,进攻的八路军不止一二百人,甲田中队长的四四方方的脸庞上,顿时涂上了灰白,他的心像秋风里的野草一样了。

队伍停留在本部的大院里,他叫去了负责无线电的小池伍长:打电报要求附近据点增援,也打到涞源城里去。回电是:"我们也开火了,你们好好地干。"于是打给蔚县草沟堡,那边说:"我们白乐据点的一个中队被八路军消灭了,只剩一个了!你们要注意地干。"再打电报给保定府,中队长以为在短时间内就可以有援兵来了,但回电都是:"此地亦危险,城郭据点多发现敌情!"……

从无线电里得不到一个援兵,只有空洞洞的安慰和廉价的鼓励。

小池伍长在无线电室里偷偷地对他的挚友金翻译官说:

"在张家口讲习了六七个月,到涞源才不过二三个月,又打起战来了……"

"可不是,这次八路军可不少呢……"

"你听,"他指着无线电的机子,里面发出急迫的混乱的嗒嗒的音响,"保定府也打电报到北平去求援了……这是涞源发出的电报……平汉线上也打得很紧……"

"八路军总攻击了不是……"

"那……那……可倒霉了……"

夜,展开它玄色的羽衣覆盖了塞上荒漠的山峦。甲田中队长命令拱卫本部的四面围墙堡垒的士兵加强警戒,增加岗哨。在八路军的密密的枪炮声中度过了恐怖的一夜。第一天八路军只夺取了村外的堡垒，没冲进村来。甲田中队长从绝望的边沿里救出自己的生命和他所带领的一个中队来。他相信第二天涞源一定会有援兵来的。

不幸得很，没有援兵来，只是飞机用降落伞送来五个牛皮箱的子弹，然而却落在八路军的阵地里，失望的毒虫又啮噬着甲田中队长的心。他的心像白天八路军的枪声一样，断断续续地跳动着。一个一个"皇军"死亡的消息，如不祥的鸟一样，飞进他的耳鼓。八路军却没有退却的消息，恼人得很。

伍长以上的官佐被召集到本部来了，甲田中队长以他的恐惧畏葸(xǐ)的口吻说：

"涞源不帮忙，完了。飞机送来的子弹也落在八路军的阵地上，上帝不帮助，没有办法了。但是我们要再打一天，想想法看，大日本皇军是……"

是什么呢？他没说下去。外面又闯进来一个伤兵，他指着那伤兵说：

"大日本皇军是不做俘虏的，你受伤了，要剖腹自杀，一定要自杀，自杀……"

音调越到后边越惨黯，所有的伤兵都集合了，他严厉地指出他们的死路。而他们不知道为什么要"讨伐"支那，更不知道为什么受了伤还要自杀。只有撑破了肚皮的资本家和爬到上级的军官们知道，而且笑了，满意了。

当天，所有的公文、军衣、用品……都集中到本部里来了，一箱又一箱煤油也集中了；本部里的一二匹高大的枣红色的洋马，都被他的主人亲自用枪打死了。

随着夜幕的降落，八路军的枪炮声猛然地繁密了，恐怖也随着袭进甲田部队里每一个官兵的心扉。枪声越逼越近，终于打进村子里来了,并且逼近本部外面的围墙,岗房和堡垒上的"皇军"都一再补充上去,还是不济事。八路军在围墙上挖下了枪眼,向岗房、向堡垒瞄准,而且有的八路军已上了房,手榴弹和迫击炮一个个准确地投进院落里来。动摇军心的喊话,此起彼落地也投掷到"皇军"的耳鼓里。最后,东南面一个堡垒也被八路军占领了,枪夺去了,人死伤了。根据昨天晚上的经验,天亮后,八路军也未必会退。

天亮了,八路军的枪声还在响着。枪声虽响,但是"嘘嘘"的音里,听出八路军稍为远去,不在墙外了。他们乘机把正面围墙拆去,避免八路军利用它来射击。

希望又一次欺骗了甲田中队长。于是浇上煤油,把一堆堆东西开始焚烧了。余留在本部里最后的二十四个人,在甲田中队长的意志下招集起来,岗房和北面的堡垒上,只留下两个三天三夜不曾合眼的哨兵在瞭望着。

二十二个日本官兵来了,甲田中队长对金翻译官说:

"请你出去一下,我们要谈一谈话……"

金翻译官知趣地走出去了。他明白自己是朝鲜人,不够资格和大日本"皇军"在一块"谈一谈话"。但他走出去并没多远,在隔壁屋子里就站住了,他的耳朵朝着他们谈话的方向,慢慢听出中队长的沙哑的绝望的声音来:

"……我们到中国来……不要留一点东西给中国……东西统统都烧掉,留一点也不对……知道吗?我们要打……打到最后……不准投降……不准当俘虏……要自杀……要死在一块……"

中队长的话没讲完,里面便爆炸出悲愤然而无可奈何的弱者的哭声,嘤嘤的,像污浊的小河流一样。接着里面有更高的声音:

"……不准哭……不准哭……你们要吃,可以尽量地吃,不管仓库里什么东西随你们吃,不要管它,吃不完的,就烧掉,不要留给八路军……我们要尽量地快乐一下……哈哈……"

一阵奸险的笑声结束了他的话。继而传出拔瓶塞子的声音,旋即便洋溢出一阵啤酒的浓烈的香味来。二十二个人散了。金翻译官给甲田中队长叫了进来,说:

"日朝是一家,我们统统是一样的,我们死了,为了日皇,都是有名誉的,我们要自杀,要剖腹死,不能叫八路军俘虏去杀死,你知道吗?"

金翻译官点点头,他比中队长还清楚。刚才对二十二个被法西斯欺骗和奴役的士兵的讲话,他听了只有发笑。笑他们的愚蠢和无知。八路军不杀俘虏他更明白,只有八路军优待以后释放的俘虏,倒反而被自己的长官暗暗地杀死了,这倒是真的。

甲田中队长打开了一瓶啤酒,倒得满满的一杯,浮着一层白沫,脸上顿时堆满了不自然的笑容,给他:

"我们来干一杯……"

"好……"金翻译官给中队长斟满一杯酒。他们两人碰了碰杯,满意地一口喝完了,然后中队长又很大方地说:

"你要吃什么,尽管吃,随便什么都可以吃……"

外面院子里,空罐头和果子皮以及打碎了的太阳牌的啤酒瓶,狼狈地散布了一地。远远的民房里,飘忽地传来被压制的女子挣扎的悲愤的呼叫。另一个上等兵从仓库里醉醺醺地跑出来,红涨着脸,疯狂一样淫笑着:

"花姑娘,支那花姑娘……"声音很低,喃喃地。

他去找本部附近的支那花姑娘做性欲最后的发泄!于是被侮辱的呼痛的哀声便洋溢在本部附近的院落里了。余留下来,躲藏在自己屋子里的中国老百姓,望着魔手的暗影快又闪到自己头上的时候,不怕枪弹的杀伤，有许多人向外边跑去，特别是年青的妇女，迈着慌乱的脚步，冒着炮火逃出去了。有的在岗房那里被打倒了，有的则逃出了昭和十三年造的三八式子弹。

金翻译官也下了决心：准备到八路军那儿去。他平常跟八路军的工作人员很好，边区向敌区购买什么东西，他曾暗暗地尽过不少力量，而对捉到的边区工作人员，都尽可能地在旁边帮助释放出来，即使不得已叫他搜查老百姓身上带边区票没有，搜出来也只是轻轻地打过对方一两个腮巴子，假装重重踢了一脚，骂一声，便叫对方走了；从不像其他的翻译官，借此发点洋财或是把老百姓捉了起来。八路军工作人员怀中带着枪到据点里来，他碰见了也装着不知道，如果是熟人，则大家会意地望望便若无其事地过去了。敌伪军不敢出据点五里地，而他却可以大摇大摆地走出五里地以外。到任何地方去吃点枣儿杏子梨子什么的，他也没什么危险，不过每次甲田中队长都警告他：

"你不要随便跑出去，碰到八路军可就完了。"

他说："八路军不敢，我有枪。"显得自己的胆量很大，其实中队长不知道他不仅和据点附近老百姓搞得很好，就是八路军也有些关系呢。

他心里想：你们这些军阀的忠实奴才要自杀，以为很光荣，实际上却一点也不光荣，更没有丝毫的代价。我可要走的。

于是他张望那边的哨岗，正在打盹，三天三夜没有睡，身子已像秋风里黄叶一般，摇摇欲坠了。他找到那两边之间一个稀有的空隙，突地就没命跑了出去。旋被发现，后面追来的是枪声。他头也不回地就跑到围墙外边伪村公所附近，碰到八路军侦察员，一同笑哈哈地走了。

日影逐渐偏斜，八路军的枪声也逐渐密集起来。围墙虽然拆掉，失去了枪眼和枪掩体，但是八路军都上了房，并且围墙四角的堡垒也被八路军占领，工事都摧毁了。英勇的冲锋号音，可从八路军那边飘浮过来。

二十二个敌人集中在一块了：甲田中队长用着最低的音阶，哽咽地表露出最后的失望：

"……援兵是没有希望了……我们只有死……"

沉默里蓦地浮起低微的哭泣。一个端着三八大盖枪的二等兵掉过头来想逃走，给甲田中队长一枪打死了，冷笑地说：

"谁也不准走……我叫一二三，大家就跳到火里去自杀！"

笑声像河水一样高涨了起来。在中队长的指挥下，把煤油浇到堆集的东西上，点上火燃烧起来。二十一个人面对着火，用哭泣一般的声音，勉强地随着中队长唱着日本国歌：

"君カ一代ニ八千代ニ八千代ニ，
サザレ石，岩木ト成ツ苔，结ブ迄
……"

中队长叫出一二三，大家都被一种恐怖的威胁的力量驱使着。木然地投向熊熊的火焰里。火苗更旺盛了，在苍空里竖起火柱，日头落了，茫茫的暮色笼罩着山野。

八路军的搜索部队，向甲田中队本部里前进着……

1940 年 10 月 24 日
唐县娘子神

消灭

——百团出击散记之二

假如敌人不投降,那就消灭他!

——高尔基

出涞源城东去二十里,在绿茸茸的起伏的群山的拥抱里,有一片稠密的高耸的黑漆漆的树林,当中给拒马河的急流冲荡开去,分成两边,南岸的丛林里是马圈子村,北岸是三甲村。

一九三八年冬季敌人的黑色的魔手,攫取了涞源城以后,三甲村便成为一个侵略的支点,拱卫着黑暗和无耻。村边村外草莽莽的东山同西山上,同时竖起了坚固的堡垒,张着血腥味的卑劣的大嘴,守望着被侮辱与损害的三甲村,并且监视着从涞源通紫荆关的死蛇一样的袒露着苍白的肚皮的汽车道。这个村子里驻扎了小柴部队高桥中队的铃木小队,有五十多个士兵,另外还有伪蒙军第一连改编的特别治安队三十人和伪警察八九个人。

不怕三甲村的坚固,但怕八路军下决心拿下它来。就是天险的娘子关,八路军要拿下来,也终于落在八路军的手里,插上祖国的大旗,何况一个小小的三甲村。

九月二十一日的夜晚,给水一样透明的月光装饰得像黎明一样的明朗，三甲村静静地躺在群山的阔大的胸怀里。敌人在做着樱花色的还乡梦，只是堡垒的哨兵木然地站在里面，没精打采地怯生生地注视着透明的月夜和广漠的寂悄的山野。

就在这透明的夜里，涞源和它附近的十六个据点，边区子弟兵以猫一样轻捷的动作和下山虎一样的勇猛精神开始攻击了；攻三甲村的是×团一营，冒着塞外透骨寒冷的秋风；渡过凉涔涔的拒马河，在大炮的掩护下，都向村边的堡垒和东山的堡垒跃进了，子弹的光芒在月光下闪耀着，枪声惊醒了鬼子。交叉的火力封住了走近堡垒的那一片光坦坦的平坝子，鬼子的炮却漫无目标地慌张张地向荒漠的山野放来，腾起一阵阵像天际云朵一样的苍白色的烟雾。在前面的我们的战士毫无掩护地伏在空地上，很难再向前去逼近堡垒，只是一个又一个地投去手榴弹，敌人的炮火益发浪费地叫嚣着。

时光和拒马河水一样地迅急地消逝过去,而月亮更加光辉了。为了避免无代价的牺牲,×团一营向三甲村附近撤回了。

但撤回不是退却,是准备明天的新的进攻。白天里监视着涞源敌人的增援,没有攻击。晚上八点钟,按着新的部署进行了,×团的一营和×团的三营,向三甲村附近所有的堡垒形成了一个包围的阵势,四面夹击着堡垒的敌人。三甲村占领了,东山的堡垒也在八路军大炮之下摧毁了,剩下满身残缺的创伤,哀凉地支持着拂晓以前的九月的寒露,残余的敌人借着黑暗的掩护,狼狈而又惶悚地三个两个地向西山堡垒的方向偷偷摸摸地逃去。×团一营的两个连的兵力,从敌人的背后迂回过去,形成一个弧形,闪着火光的子弹追踪着敌人慌乱的足迹而去。山峦上的敌人如夏夜的被打击的青蛙一般,愚笨地一跃一跃地奔过去,在密集的火力之下,如无数的小河汊一样,都汇进到西山的堡垒。

西山的堡垒虽大,却容纳不下数十个的敌伪军,于是一部分的士兵被挤到堡垒外面的战壕来。外壕那儿有一道坚固的围墙,墙上打了许多枪眼,而围墙外边还有一道犬牙似的铁丝网,护卫着堡垒,使你不容易接近它。堡垒是一个乌龟壳,壳里面躲藏着数十个失去了主宰的混乱惶恐的生命。

边区子弟兵敏捷地接近了堡垒……

"快,先用扎刀砍,你别过去……"

"等我,等我来……"

不知道是谁的声音那么低微而又急促,当的几下子,铁丝网在沉甸甸的扎刀砍割下,哗银银地断开了,分开出一条狭小的道路来。两个战斗员像猴子似的灵敏,一纵就跳到围墙的下边,枪眼就在他们的头顶上,里面的枪却瞄不着他们,两个人急速地拔开手榴弹的保险盖,用食指绕着发火线,乘着敌人不经心,两个手榴弹从枪眼里扔进去!

"他妈的,给你尝尝老子的手榴弹!"

——哗啦啦……手榴弹在围墙里面爆炸开来。击破了山野的深夜的静穆。

后面吹起冲锋号来了,尖锐的颤抖的音响直逼进敌人的耳鼓,心更像麻一样紊乱了。伏在壕里的敌军伤亡了,于是挤在堡垒里的又补充上去。外面军区造的手榴弹炸开的碎弹皮如雨一样地落在侵略者的身上,外壕里的手榴弹的白烟一团一团地升腾起来,弥漫开去,一直飘浮到围墙外边来,里面夹着一股股浓烈的火药味。

伏在掩蔽体后面的八路军的政工小组的同志,在手榴弹的爆炸声稍为沉落下去的当儿,便扯亮嗓子喊话:

——日本,兵队サン!コチラオハイテ优待スル!

——中国人不打中国人!

——欢迎东北同胞反正,一同抗日……

喊话的力量比手榴弹还大,在敌伪军的慌乱之群里爆炸开来,有力地激发着他们的良心,于是外壕里有枪扔出来,一支支的;后面从侧翼又跳出反正的伪军,一个个被欢迎到抗日的阵地上来,掉过枪口,朝着堡垒放。堡垒里面有了自相打击的声音,那是上级防制敌伪军的哗变和反正,但是没有用,伪军已跳出二十个;敌军虽在镇压下支撑,但敌人不投降,那就消灭他!手榴弹一个个投进去,使他们死亡率逐渐地增高,到最后,里面抵抗的枪声也稀疏了,外壕里填满了"皇军"的尸体。

一阵手榴弹之后,里面几乎没有还枪了,只有垂死者的哀吟。一连连长持着一把盒子枪,搜索地逼近被铁丝网封锁着的门,刚弄开铁丝网冲进去,里面闪出三道亮晶晶的刀光,直面着他刺来。他一扣扳机，打完了一梭子子弹，三个敌军倒了。他跨过敌军的尸体，机警地走进堡垒，撩起一挺歪柄子轻机枪、两支三八式大盖枪，一并捎了出来，后面随着进来的战斗员，打扫战场，把负伤的敌军一个个背了出去，用简短的不纯熟的日语对他们八个说：

"铳ラステ！杀サナイ！"

第二天涞源县的敌人发出很多信，告诉附近据点的敌军："三甲村我部八十五名全部被敌军消灭，只逃出二名，望你们注意作战。"

其中有几封信却从老百姓的手里落到八路军的手里了。

1940 年 10 月 26 日
唐县娘子神

一支农民的哀曲

　　四海镇位于南口的东北面的崇山上，镇外给苍老的万里长城围绕着。它是南口的重要屏障，巨人样地矗立在万丈的风沙里，拱卫着南口。它又是通北平、张家口和延庆的要道，是平北的一个重要战略支点。这镇里驻着伪满洲队第三十五团，有六百多人，同时还有伪警察一百多人。这些部队和镇里所有的机关都被敌人高高在上地统制着，伪军和满奸的一举一动，全要随着这些所谓顾问、指导官等的意志和好恶。

　　地方越险要，八路军却越要来进攻它、袭击它，三十一大队在黄昏的时候就抄着山道向四海出发了。道路很狭小，路又难走，接近敌人时已是五时左右，不久天就要亮了。×营以坚定猛袭的动作，不过半小时就将野外的顽强的敌人消灭了，死伤了五十多个。战斗员一边打扫战场，提着刚刚缴获的重机关枪，拿着数十条步枪，有的则把自己手里的拙劣的"汉阳造"换上了敌人的"三八式"了。再向前去，迫近城下，天已拂晓了。而袭击周士阁的三十三大队的×营，到达目的地以后，三十多个敌人早就吓跑了，指战员手痒痒的，没打成，只是搬回来许多军毯、军衣、雨衣……还有许多西药也给搬了回来。

　　打四海的前一天，在行进中的三十四大队，到了铁炉子村便停止下来，大休息，造饭吃了。当战斗员们坐在村里的街旁时，有一个农民,约摸四五十岁年纪,慌张张地走来,像寻找什么的,寻了一会儿又像是找什么没找到而不打算再找了的样子,蹲下去,在一个战斗员面前,对着他耳朵低低地问道:

"老总,你们是不是打局子去?"

"不知道。"那个战斗员诧异地望望他。他有点失望,但是那一连的支部书记走过去,问他这儿附近哪儿有局子。局子就是如星罗棋布一般地遍布在冀东的警察局和派出所。他向村外一指:

"离咱们这儿二十里地,大庄户就有一个局子……"话没说完,他的眼泪便像涓涓泉水一样从眼眶里涌了出来,"你们打去吧,咱们翻身的日子到了!"

"你为什么哭啊?"

"唉……"他用粗黑的手愤恨地拭去热泪,腮巴子上留下了两条淡淡的泪痕,"老总,你不要提了,那局子里的人简直是杀人不见血的土匪,在附近村子里无恶不做,咱们这一带老百姓算是受够了他们的气,我的儿子,我可怜只有这么一个儿子……"说着他又哭了起来,"……就是给他们杀死的……"

原来他家里一家人就靠他儿子养活,他自己由于上了年纪,不能做什么活了,今年他母亲死了,局子里来人要叫缴八块钱的棺材捐,他儿子一定不肯交,向警察说:

"人死了,还没钱买棺材呢,要什么棺材捐,要钱没有,要人,把死人抬去……"

局子于是派人来把他逮捕了去,非交不行。可是他仍旧不肯交,事实上他也没有钱可以交。审问他的时候,局长说:

"你为什么要抗捐?这是'满洲国'订的法律,死人要缴棺材捐,你要违犯国家法律吗?那我们是要制裁的……"

"我不知道什么'满洲国',咱们中国死了人,就不要什么捐呀税的……"

"你不缴纳税,就是违犯了国家的法律,那不行……"

于是一个中国人,由于没有钱缴棺材捐,就在"大和民族的勇士们"手订的伪"满洲国"的法律下,被宣布执行枪决了。临刑前,这个不屈服的农民的儿子,说了一句永远使人不能忘却的话:"咱们总有翻身的日子……"

是的,咱们总有翻身的日子!这句话他父亲永远地记忆在脑海里。

三十四大队的队长知道了这个消息以后,又详细地问他大庄户周围的地形和局子里的情形,就派×营去打,主力则去到大庄户村边地里的慈母川宿营了。×营偷偷地接近了大庄户,局子里的人还没有发觉,打响后,×营已经冲进村子了。敌伪军都被逼到围墙院子中的西南的堡垒里,冲来冲去,整整打了一天,敌伪已伤亡了十多个,而我们仍旧在外边冲上去。伪军不支了。然而敌人派来的一个指导官却在堡垒里监视着伪军的行动,不打不行。打呢,外边是中国军队,而自己的势力已被削弱,只剩下九个人了,听见堡垒外边的八路军在喊:"中国人不打中国人……"伪军的一个班长,暗暗地用刀把"指导官"砍了,九个人带着枪一同到八路军这边了。

海上的遭遇[1]

一、从阜宁到六合庄

调到延安学习的团以上干部，刚集中到阜宁×师部，下午就得到淮海苏北各地情报：敌人向阜宁合围。反"扫荡"的准备工作开始了：我们武装部队分散到根据地每一个角落，去帮助群众，坚持工作，打击敌人。上延安的干部，当时便组织起来，成立赴延干部队，×师师参谋长彭雄同志和×旅旅长田守尧同志担任正副队长，×旅政治部主任张赤民同志，则是这个队的支部书记。虽然赴延干部队一共有五十一个人，然而却没有一个战斗员；随身的武器，也不过是驳壳枪和手枪，其中还有不少女同志哩！

就是这样一支非战斗部队，便在盐河淮海一带，在敌人密密据点层层封锁当中，展开了游击战。盐河是一道封锁线，五里一个堡垒，十里一个岗楼，据点与据点之间还有坝子，老百姓渡河的船只一到天黑就被迫停泊在据点附近。夜里还有敌兵来往巡视。原先计划从盐河淮河陇海路……去延安的路线，彭雄考虑到情况起了变化，便临时改变了决心：从海上去。

---

[1] 本篇系集体创作，参加者有刘白羽、吴伯箫、金肇野、周而复等四人，由周而复执笔。

干部队到了旧黄河东坎,遇到我们的两个连,临时变成了掩护部队。敌人一直在追踪着这一支非战斗部队。有两千多敌人,两门大炮,三架飞机,把部队包围在李圩。超过我们二十倍力量的狡猾敌人,企图把干部队歼灭在那里。从上午八点钟,一直打到暮色无声地降下来,敌人反复六次冲锋,全部被打退了。在绝对优势的敌人火力之前,没有一个气馁的,个个都是越打越坚强,每一个干部都带着几个战斗员,组成一个战斗单位,在抗击着敌人。夜晚,英勇地突出了重重的包围,过义河,从江滩据点到吴小集据点。敌人登陆了,他们却又转移到北蔡桥以东宿营。这次敌人知道了,而且又包围住了。但有什么用呢?不过又扑了一次空。干部队安全地到了黄河边上的六合庄,准备搭民船到滨海区赣榆柘汪——过山东去延安。

干部队虽然是非战斗部队,但却是一支百炼成钢的不可摧毁的力量。

二、向延安前进

三月十六日的早晨。船老大老王浮着一脸笑容,兴冲冲地跑来告诉彭参谋长和田旅长,说今天风定,可以走了。他指着高耸晴空里的桅杆上的小三角旗给他们看,我们要向西北开,刮东风多好。田旅长是一个考虑问题周密而又谨慎的人,他详细地估计到各种可以到达目的地柘汪(这是我滨海区的根据地)的情况,黑夜通过连云港的敌人封锁线;过了,白天就没事,不会遇到敌人;夜里敌人来了,他们船上有灯,老远就看见,绕一个弯就过去了;如果转风向,就退回来,等一天再走。领导民船上工作的指导员老马也说,根据他们几次走的经验是不会碰到敌人的。是的,他是经常在苏北、山东来往做生意的,这路很熟悉;而船老大老王,今年六十三岁了,在水上就过了四十多个年头,那海上的丰富的经验就是一个保证,并且走的不是敌人指定的航线,另辟一条航线,在海中间行驶,更是碰不到敌人的。彭参谋长和田旅长、张主任商量之后,下决心:走!

　　明天退潮,船留在黄河的沙滩上,这是一只载重八千石、吃水四尺深的大民船,八个大舱,六根三丈多高的桅杆,扯起篷来,一阵顺风,确是明天十一点可以到柘汪的。等到下午涨潮,彭参谋长第一个脱下衣服,跳到黄澄澄的水里,大家也跟着下去,帮助船老大他们把民船推动起来。每一个人的脸上都浮着愉快的微笑,连站在黄河岸上送行的海防队同志,也都高兴得拍起掌来,欢呼地高叫着:

　　"祝你们一路风顺,平安到达。"

　　船,在黄河激越的浊流上缓缓地驶去。坐在头舱里的彭参谋长、田旅长、张主任、供给部长伍瑞清、盐阜区行署保安处长黄国山……都站了起来,微笑地向送行者挥着手,叫他们回去。他们怎么肯回去呢,一百多人依恋地站在岸上,像座屏风似的,目送着亲爱的首长远去,几乎忘记了潮水快涨到脚底下来了。

　　走了三里多路,就看见口子上的那座灯塔,黄河激越浊流,便消逝在茫茫无边的黄海里了。掉好船头,水手们费劲地扯着篷,忽然爆裂开鞭炮的音响,噼噼啪啪的脆声里,猛地炸开,砰的一声——这是天地响。彭参谋长从头舱里跑到上面一看:是水手班长小王在放,他说:"你看,彭参谋长,风多顺,眼看我们就要到柘汪了,还不高兴高兴!"

　　船老大老王坐在头舱的后面,像一个身经百战的将军似的,稳重地掌着舵。他那垂在胸前的花白了的四寸多长的胡须,在东南风里飘呀飘的。篷子里饱孕着海风,绿茵茵的海水上,卷起一阵阵雪白的浪花,船追逐着浪花急驶着……

三、"彭参谋长，风停了！"

黑夜，像一张广大无边的巨网，覆盖在咆哮着的海上，船行驶得很快。

彭参谋长叫干部队的同志，都躺下来休息了，可是他自己却躺不下。他在船老大老王身边，关心地问他一路的情况以及还有多少路程。他一会儿到上面看看水手们，望望放瞭望哨的警卫员，一会儿瞧瞧前舱里的人是不是休息了。田旅长一上船就晕船，不大能动，躺在头舱里，不时问彭参谋长航行的情形。

船上很静，悄悄地，舱里不时迸发出来的船老大高亢的喊声，还可以听见。他坐在伙房旁边，把一根拳头粗的十多丈长的探水篙往海里一扔，慢慢又把它拉上来，仔细审视上面的水迹，随后便发出悠长的富有韵味的呼喊：

"五柁深……"

掌舵的老王根据他报告的水深浅，望着他面前桌子上那一个大指南针，决定航行的方向，向前面叫：

"向东……向南……"

海上的生活，大家都是第一次，全感到新鲜。许多人虽是躺下，但是却醒着。彭参谋长一点也不晕船，找船老大他们越谈越有精神，他拿出干粮饼子来，给掌舵的老王吃，叫大家也吃。

"你们把干粮拿出来吃，吃饱了有精神，上岸还远。"

他刚才问过老王，到柘汪还有七十里哪。大家一边吃着一边聊着天。

冲激着船舷的白浪，慢慢低落下去，那激昂的涛声也渐渐地消沉。

波浪小下去，船平稳了。夜雾沉沉的海面只留下小浪起伏着。

叫做小张的水手，急忙忙跑到舱里来，精神很紧张，说：

"彭参谋长，风停了！"

田旅长马上坐了起来。他问掌舵的老王，这怎么办？船上的人把注意力都集中在老王的身上。老王眯缝着眼睛，慢吞吞地向茫茫的海面上望了望，抹一抹胡须，很有把握地说：

"不要紧，风还没有停，不过小一点，一会儿还有风。"

大家听完他的话，得到一种保证，安定下来了。船慢慢地走着。走了没有一会儿，风却完全停了。帆，泄了气似的，瘪着。

船停了！

大家焦急地在期待风。彭参谋长时时在看表，已经夜里三点钟了。半点钟过去了，没有风；一个钟头过去了，没有风；两个钟头过去了，还是没有风！时间是多么悠长呵！但是没有风。忽然，桅杆上那面小三角旗动了，船走了，风带来了全船的欢呼。

可是，还没有走几里地，风又停了。这一次掌舵的老王失去了稳重，也陷入焦急了，他告诉参谋长和田旅长，风完全没有了，短时间也不会有风。怎么办呢？他说：

"我也没有办法。"

田旅长过去问他：

"船老大，这是什么地方？连云港绕过了没有？"

"连云港是过了！"

大家松了一口气，旋即却又被他下面的一句话勾起顾虑来：

"前面还有东洋鬼子的口子！鬼子的船常常出来！"

这有什么办法呢？一丝风也没有，船像抛了锚似的停在海面上。

四、"坚持到底！"

浓黑的夜幕逐渐淡薄起来,东方透出了一线白光。这白光慢慢扩大起来,眼前又展开漫无涯际的波纹,自由地飞到海的远方去了。船却还是停着,烟沉沉的海的彼岸,什么也看不见。

"我们现在是在什么地方？"彭参谋长问船老大。

船老大老王向海岸上瞅瞅："那就是岚山头！"

"岚山头不是敌人的据点吗？"田旅长插上来说。

老王点点头。

田旅长又问：

"能不能把船绕过去一点？天亮了,不要给敌人发现目标。"

老王无可奈何地摇摇头：

"没有风,一点也动不了,谁也没有办法！"

猛地,海岸那边传来嗡嗡的声音,大家都以为是飞机来了,但抬起头来,向高空张望张望,却又看不见一架飞机。张主任拿过田旅长那副望远镜,到上面去瞭望。海岸那个方向,什么也看不见了,像是飞机的声音,却还是在响着。一会儿在碧沉沉的海上,发现了一个小点,他叫人去看,大家注意力都集中在那小黑点上,黑点慢慢大了,近了,瞅见一个圆圆的筒子,凸出在海面上,这是烟囱,掌舵的老王不禁大声叫了起来：

"那是敌人的巡逻艇。糟糕！"

彭参谋长叫他们不要动,隐蔽好,一边说："不要慌,看清楚了再说。"船底下有部分人站了起来。

张主任伏在船舷上边望着,喃喃地自语着：

"看见了,看见了,是一只巡逻艇!上面挂着一面日本旗呢!但不一定向我们这儿来!"

田旅长从舱里站了起来,一夜的晕船,使得他精神很不好,头昏昏地不时想呕吐,连站都有点站不稳。但是这位曾经参加平型关战斗,消灭了敌人最精锐的板垣第五师团的年轻将领,一听见有敌情,精神马上抖擞起来了。他上来去布置战斗,但马上就被参谋长他们阻止住了。

"你晕船,身子不行,我来布置。"彭参谋长安慰他。

"通知船上的人,赶快准备好……"田旅长还是坚持着。

彭参谋长用望远镜详细看了看,他亲自到各个舱里去布置,叫大家把子弹都推上膛,手榴弹准备好,船上的指导员带着水手却卧倒在船板上。舱上面放了一个瞭望哨。

船上的人都卷入紧张的战斗准备里。伏在船舷上的张主任,拿着望远镜到头舱里来,告诉田旅长他们,敌人果然向我们这个方向来了。彭参谋长笑嘻嘻地说:

"让他来吧!他会吃亏的!"

砰——对方传来一声枪响,旋即又是一枪,都是向天空放的。探水道的船老大和水手们都习惯地把篷子放了下来。——这是海上的规矩:第一枪是叫停船,第二枪是叫放下篷子;不然的话,就要打过来。田旅长叫船老大站起来告诉敌人,我们是商船,做买卖的,不要打枪。老王站在船上叫了。海上的强盗一听见是商船,贪婪地向民船驶过来说:

"我们来查一查,船老大出来!"所谓"查一查"是想抢点财物去。敌人没想到自己的性命会送葬在海里。

在船头指挥作战的程世清,把探水道的老李的衣服穿了起来,一个拉出发火线的手榴弹藏在袖筒里。他站在船头上,这位船老大出来迎接敌人了。

巡逻艇有着装甲设备,甲板上站着十三个海盗,蛮横地端着枪。巡逻艇颤巍巍地靠近了民船,碰得民船摇晃起来,站在前面的那个小队长,穿着一身崭新的草绿呢制服,腰间挂着一把战刀,手里拿着一个本子和一支铅笔,带着一个翻译官,跨上民船来,他很神气地问道:"你们上哪儿去?船上有什么东西?要登记!"

化装成船老大的程世清,很沉着地让他们两个人跨上船,不等他们站稳,使劲地一推,噗咚一声,两个海盗在海底找到他们的葬身之地。顿时,他把藏在袖子里的手榴弹,向站在甲板上的人当中扔去,訇(hōng)的一声,对方当时就给击倒在上面,在烟尘里,十多个敌人带着浑身的弹片伤口,慢慢停止了呼吸,巡逻艇像一只受惊的小鸟似的吓得远远地离去了。从此,它再也

不敢靠近民船了。一无战斗设备的民船,连沙袋也没有,固然抵挡不住钢板装甲的巡逻艇,但民船上坐的尽是驰骋江南的新四军战斗英雄,他们的意志,他们的战斗力,比敌人的钢板还要坚强。

巡逻艇开到四百米以外,便停了下来,敌人躲在钢板后面,用机枪巡回地绕着民船周围扫射。敌人欺负我们没有长枪和机枪,疯狂地、毫无顾忌地、远远向我们扫射。子弹雨点子似的射进船上、舱里,噗哧噗哧的,船头和船尾打满了子弹洞,子弹洞里顿时就流进水去。厚厚的船板,给水濡湿、发胀,子弹洞就给胀住了,但旋即又打满了洞。民船像一只瘫痪了的残体,躺在海面上,一步也动弹不得,忍受着野兽们的欺凌!

卧在舱上面跟几个警卫员在一块儿抗击敌人的指挥员老马他们,都牺牲了,坐在舱里的人,有几个给打倒了，躺在舱板上的血水里。敌人的火力还不断地射击着船头。彭参谋长气愤愤地跳了起来，叫着警卫员跟他走，旋即被供给部长武瑞清同志拦住了：

"你上哪儿去？"

"到船头上去！"

"你知道船头上打得怎么样吗？"

"我知道打得很激烈。"

"那你就不应该去,那地方很危险,让我去！"

"正是因为那儿激烈,我便要去！我去指挥他们抵抗,无论如何,不能叫敌人接近我们的船……你别拦住我……"为了全船的安全,不顾忌一切，他毅然走了。警卫员跟着他到船头去了。早准备好枪支的武部长也带着警卫员到上面作战去了。彭参谋长冒着敌人密集的火力,到了船头。他给大家带去了更多的力量,更大的勇气,虽然他们拿的都是短短的驳壳枪,可是一阵射击,敌人的巡逻艇离远了一点儿。敌人射击的效力也就差了一些。但是,敌人仍然不放松地射击着。咯咯的几声,彭参谋长胸前中三处机枪伤。警卫员把他扶回头舱来。大家默默地围着他,给他包伤口,他焦急地说：

"不要管我,你们去抵抗敌人要紧,快去,去！"

大家服从命令地回到自己的岗位上去,他的妻子留在身边,在照顾他。他神志有点不清醒,还关心地问：

"他们都去抵抗敌人了吗？"

"都去了,牺牲的不少。"

"好！他们牺牲得很光荣,很值得。"

海上静静的,还是没有风。

敌人的枪声稀疏了,传来了叫声：

"不要打枪！"

"你们投降吧！"

"投降不要紧，不杀你们！"

我们船上的人，把枪拿得更紧，异口同声地说：

"我们决不投降，我们决不放下枪！"

"除非把我们打死，决不做俘虏！"

大家只有一个决心：宁死不投降。连船老大也卷起袖子，拿起船上那条不大能使唤的长枪，感动地说："我们给他们拼！"水手班长小王拿着自己那支坏马枪，不时伸出头去打敌人。敌人的诱降，所得到的回答是：更密集的枪声。待了一会儿，当敌人知道新四军每个指战员都是不可屈服的，机枪又在民船四周叫嚣起来了。

头舱里突然迸发出一声疯狂的叫唤，张主任的妻子张明给打倒了，田旅长的妻子陈洛连身上也挂了花。按着伤口，陈洛连说：

"到了我们最后为革命牺牲的时候了……"

张明抬起头来，对张主任说："我不行了，你们打。赤民，你们坚持到底……"

男同志们说：

"我们先死，你们后死，大家死在一块儿好了。"

张主任的警卫员戴文天匆匆跑过来，满头满脸都是汗，在找程世清。戴文天是盐城人，才十八岁，可是浑身闪着勇敢和饱满的精力。虽然是一九四〇年才参加新四军，但是在革命的军队里已把他锻炼得很坚强了。找到程世清，他向他要了一把二十发盒子（他自己那把盒子打卡子了）。子弹在船上面呼呼地飞去。

船舱里汪着红殷殷的血水，像条小河，河里躺着负伤的干部和水手。田旅长虽然晕船，他一直还是勉强支持着，鼓励着大家要坚持下去。他指挥着船上没受伤的同志们,在搬船板和被子,连女同志也无声地曲着背在搬运着。脚踏在血水里,溅得满腿是血,用船板和被子把四面堵起来,抵挡子弹。

一阵急骤而沉重的步子传来,警卫员把武部长背了下来,他脑部受了很重的伤,迷迷糊糊地喃着:

"我的革命已经成功了。你们继续打敌人!"

他把手里的枪递给警卫员:

"去,坚持下去,坚持到底!"

"坚持到底"这句话说出了大家的意志。

接着,最后一个水手,那个粗眉大眼四方脸的小张,腹部也受了伤。敌人的机枪还在像煮沸了水似的响着。保安处长黄国山看看我们仅有的十多颗手榴弹,二十条手枪,子弹也快打得差不多了,他把手榴弹的发火线拉出来。想炸船,同归于尽,免得子弹打完了做敌人的俘虏。张主任迅速地把手榴弹抢了过来,说:

"还早着呢,用不着。要敌人上我们的船,再炸也不迟。"

太阳有点偏西,海面泛着无数的金光,枪声渐渐稀疏了。不知外面情况怎样,张主任想上去看看,他的警卫员戴文天自告奋勇地要去,但张主任要亲自去看一看。于是,他们两个人爬到舱顶上去了。敌人没有走,巡逻艇还很近。侧面射来一枪,正打在戴文天腹部,他们两个人退了下来。

枪声停止了。张主任又要上去看看,却被负了伤的戴文天抢着去了,他按住伤口,一个人趴在舷上瞭望,高兴得忘记了伤口痛,大声对舱里说:

"敌人退了!"

真的,巡逻艇对一只既无工事设备,可以说又无武装(单是短枪不顶事)的民船,从清晨直打到下午三点,奈何不得,悻悻地向连云港那个方面去了,而且还带回去十多具海盗的尸体。

五、起风了

　　船上的水手都牺牲了,只有一个负伤,动弹不得。于是大家动手,拿出主索,很费劲地把篷子扯起来。刚扯好一个篷子,起风了！船上洋溢着笑声。大家焦急着没有掌舵的,谁也不会,那个负伤的小张自告奋勇要求掌舵,他站了起来,躺在拴舵的绳子旁边,用手拿着绳子来掌舵。瘫软了的船又回复了神经感觉,健康地在海上活跃起来,向西北急驶去了！

　　从连云港那个方向,开来了三只巡逻艇,急速地向民船追来,航行得很快,眼看着就要追上民船哪！

　　田旅长晕船稍好了些,看见又来了三只巡逻艇,更精神起来。他指挥大家伏在舱底,准备好武器,只要敌人一接近就给他拼。

　　可是敌人不敢接近。程世清那颗手榴弹,把敌人打丧了胆。他们躲在装甲的巡逻艇里,不敢探出头来,只是远远地用六挺机枪、密集的步枪,来射击着毫无抵抗力的民船。除了这样,敌人在不屈不挠骁勇的新四军指战员面前,毫无办法！

　　到柘汪还有五六十里地,田旅长改了决心——靠岸,从陆地上到山东根据地去。水手小张的舵转过来,船向海岸驶去。彭参谋长听说要上岸,从昏迷的状态里,有点清醒过来。他睁开眼睛,说:

　　"对,上岸去！这一次我们吃了没有带战斗部队的亏,连一杆长枪也没有,尽挨打,同志们都坚持下来,好……上了岸,在陆地上敌人就占不了优势了。上岸的可以到一一五师师部。我不能活了,我和陈、罗首长(一一五师陈师长和罗政委)在一块儿工作很久,你们把我的尸首抬到师部,给陈、罗首长看看,我也安心了……"

田旅长安慰他:"不要紧,你好好休息。"对着将要永别的十多年的革命战友,大家黯然,说不出什么话来了,只是握紧了手里的枪,对着敌人。

彭雄同志很小就参加了红军,为了劳动人民,为了祖国的解放,曾经受了四次伤。二十九年的生活都在战争里度过,最后又把自己的生命,在战斗中献给了祖国。大家都会像祖国一样的,永远地爱你!永远地记住你,彭雄同志!

六、永恒的记忆

船快靠岸,尾追来的三只巡逻艇,枪声打得更紧,也更靠近民船了。敌人企图把民船包围起来,俘虏船上的人。田旅长识破了这一点,叫大家上岸——保全自己,打击敌人。船拢在一个浅滩上,离岸一丈多远,再不能向岸上靠拢了。敌人一步步逼近哪!正在涨潮,汹涌而来的浪头,冲击着岸边,水逐渐往上涨。田旅长冒着敌人密集的火力,第一个跳下水,其余的人都跟着他也跳下水,向岸上走去。

敌人六挺机枪和几十条步枪构成交叉的火力点,封锁着上岸的去路。子弹像大雨点子似的,落在海里,射在人身上;一会儿,海上泛起殷红的血——有人中弹了,沉到水里去。田旅长和陈洛连一些人,走在最前面,不幸踏进了一个水槽里,失脚陷下去了。张赤民在船上招呼后面的人走上水浅的道……

消瘦谦和的田旅长——骁勇的年轻将领,一生为了革命事业,青春都消磨在战争里。他挂过七次花,身上布满枪弹的创伤。这次为了领导大家突出优势敌人的包围,牺牲了自己,救出了大家,你的伟大的战斗的精神,永远活在大家的心里。

在敌人绝对优势的火力扫射之下,一支非战斗的干部队,在他们从来没有经历过的海上作战的情况下坚强抵抗了一天,没有一个屈服的,没有一个动摇的,像这样悲壮的斗争,像这样无畏的精神,在抗战史上是可歌可泣的,这是共产党人崇高的品质和凛然的气节。

彭雄、田守尧诸同志是江南人民的一面战斗的旗帜!这旗帜在海上英勇地折断了,这不仅是江南人民的损失,也不仅是新四军的损失,而是全国人民和共产党的很大的损失!你们英勇地死去,这精神,将永恒地振奋着全国的人心。

不久,赣榆县的马鞍山上,建起一座崇高的烈士纪念塔,它矗立在云空,对着浪涛汹涌的黄海,昭示着烈士们的精神,和黄海一样永远存在人间。

1944 年 3 月 4 日

肤施

诺尔曼·白求恩片断

（一）

　　一艘远洋客货轮，从加拿大的温哥华港口开出，驶往遍地是抗日烽火的中国，诺尔曼·白求恩是许多旅客中的一位。他率领设在纽约的国际援华委员会派出的加美医疗队到中国去。他给前妻写了一封告别信，其中有这样的话："我拒绝生活在一个制造屠杀和腐败的世界里而不奋起反抗。我拒绝以默认或忽视职责的方式来容忍那些贪得无厌的人向其他人发动战争……西班牙和中国都是同一场战争中的一部分，我现在到中国去，因为我觉得那儿是需要最迫切的地方，那儿是我最能够发挥作用的地方。"

　　一九三八年一月下旬，这艘轮船横越浩浩森森、无边无际的太平洋，到达香港。接着，加美医疗队又转乘飞机到达武汉。白求恩看到武汉的情景，心中很是不满，决心到延安去。国民党反动派对此加以阻挠。白求恩排除了一切障碍和困难，三月下旬，终于到达革命圣地延安。陕甘宁边区政府热情欢迎来自太平洋彼岸的亲爱的加拿大同志，把他们安顿在南门外交际处住下了。

　　白求恩同志在延安看到朝气勃勃的战斗气氛和武汉完全两样，他在日记里写道：

"在汉口，我所看到的是一片混乱，和优柔寡断、昏庸无能的官僚政治的种种令人灰心的现象。"

"虽然延安是全中国最古老的城市，我立刻觉出它是管理得最好的一个城市……街道是清洁的，街上……来来往往的人们好像都知道自己是为什么目的而奔忙……这里有一个大学，吸引着来自全国各地的成千上万的学生。还有一个新成立的卫生学校。又有一个正在发展着的医院，医院的设备虽然简陋，这儿的政府却已经实行了人人免费医疗的制度。"

白求恩同志的观察十分深刻而又准确，新中国的缔造者——以毛泽东同志为首的党中央，一边在指挥全国人民打击日本法西斯军国主义侵略者，一边在构思新中国的蓝图。

他到延安不久后的一天晚上，毛主席在一间简朴的窑洞里会见了白求恩同志，从世界反法西斯战争的形势，谈到西班牙，谈到我国抗日战争的情况，毛主席勉励他为中国的伟大抗日战争做出新的贡献。

那晚，毛主席和他谈话的时间很长，一直持续到深夜两点，才送他走出窑洞。他深深感到毛主席谈话的无穷力量，给他巨大的鼓舞，以至于兴奋得不能睡觉，坐在煤油灯下埋头写日记，直到东方泛出鱼肚白，仍在一字一句地记下他深刻的感受：

"我在那间没有陈设的房间里和毛泽东同志面对面坐着，倾听着他从容不迫的言谈的时候，我回想到长征，想到毛泽东和朱德在那伟大的行军中怎样领着红军经过二万五千里的长途跋涉，从南方到了西北丛山里的黄土地带。由于他们当年的战略经验，使得他们今天能够以游击战来困扰日军，使侵略者的优越武器失去效力，从而挽救了中国。我现在明白为什么毛泽东那样感动着每一个和他见面的人。这是一个巨人！他是世界上最伟大的人物之一。"

（二）

白求恩穿着一身八路军的灰军装，胳臂上佩戴着"八路"的臂章，腰间扎着一条宽皮带，脚上穿着一双草鞋；身材魁梧、硕壮、面孔健硕，但有点清瘦，浓眉下面，深藏着一对炯炯的眼睛，那里面包含着无边的慈爱，颧骨微高，宽大的嘴犄角上，常浮着意味深长的微笑，嘴上撅起的短髭和他的头发，都已灰白了。是的，他已是快五十的人了；但他的精神，却很矍铄，像一个活泼健旺的青年。有些时候，还流露出直朴的天真。见到熟人，他就高高举起右手——行西班牙礼。不过，也有时候，他紧紧地握着你的手，使你感到一股挚爱的热力在交流。在西班牙的时候，大家叫他"老少年"，中国许多医务工作人员，带着崇敬的感情称呼他"老头子"；老百姓则亲昵地叫他"大鼻子"。

白求恩大夫一八九〇年生于加拿大格雷·文赫斯特镇，从事医疗工作已二十多年。第一次世界大战的时候，他才二十四岁，就在欧洲战场上服务，后来曾担任过加拿大空军军医。他自己患过肺病，却不断地一方面工作，一方面钻研，成为肺部外科卓绝的专家，他发明了很多种手术器械，遇有肺部脓胸和生瘤的病人，他能够把整个一叶肺取出来，这样，可以挽救许多垂危的生命。他不仅在加拿大是第一流专家，在世界上，也是屈指可数的人才。加拿大和美国的几所名医院，曾相继聘请他去主持肺部外科治疗，英国皇家外科医学会邀请他当会员——这是一个外科医生当时所能得到的最崇高的荣誉。

但他并不满足这些成就。他在摸索着为劳苦大众服务的道路。他终于参加了加拿大的共产党,成为一个积极的模范的布尔什维克,把他所有的才能献给无产阶级的先锋队。

一九三六年七月十八日,德意法西斯匪徒侵犯西班牙。同年十一月,他到达西班牙马德里参加反法西斯斗争。他亲自上火线去救护伤员,甚至于在他所率领的医疗队遭法西斯匪徒轰炸和机枪扫射时,他仍然冒着生命危险,去火线抢救为人类的正义、和平而战的西班牙兄弟。他不知道疲劳,也不知道休息,甚至忙得没有时间给家乡来信写回信。在西班牙工作一年多,他又创建了西班牙伤员的流动输血站工作,这是一件创举——第一次世界大战的经验,使他对输血法发生很大的兴趣,在这方面他成了有数的杰出专家。

为了西班牙政府军进行医药募捐,一九三七年六月,他回到了加拿大和美国。七月,中国人民的抗日战争爆发,他又不远万里来到中国,一九三八年三月底到了延安以后,便急于要到战地去工作。不久,就如愿地出发了,渡黄河,过正太路封锁线,于六月十七日到达远在敌后方的晋察冀边区——抗日的民主根据地。

(三)

晋察冀边区,这个日益壮大的年轻的抗日民主根据地,在它刚诞生的时候,各方面都缺乏抚育它的人,尤其缺乏的是医务干部。国民党军队撤退,八路军主力奉命转移晋东南作战,只留下了少数兵力在边区活动,开展敌后工作。医务工作人员只留下二十五名,而这二十五名里有十五名是护士,当时的伤员连友军在内,却有六百九十多名,材料、药品方面更是贫乏到可怜的程度:全边区没有一点施行手术时所必需的麻醉药，所有的药品只够用两个月，纱布绷带是洗了又洗地用着，自己做羊肠线，采集中药，制成丸散膏酊来代替西药；至于器械——探针是用铁丝做的，铁片代替了钳子，截骨和木是用的同一把锯子……这样一个贫乏的地区，是多么需要外界的援助啊。

白求恩到了这个抗日根据地，他带着大批药品，显微镜，爱克斯光和一套手术器械……更可宝贵的是他带来了高超的医疗技术，惊人的组织能力和对中国革命战争事业的无限的热忱。

他被晋察冀人民和子弟兵热烈地欢迎到军区司令部。他在欢迎会上兴奋地说："我万分幸运能够到你们中间和你们一起工作和生活。……我向你们表示，我要和中国同志并肩战斗，直到抗日战争胜利！"虽然经过两个多月的长途行军，他的精神却很饱满，似乎没有一丝儿疲乏，第二天就到五台县耿镇河北村去，那儿是军区卫生部。等他知道后方医院在不远的松岩口，他就带着医疗队和军区派给他的翻译——曾经是阜平县县长的矮胖的董越千同志，一块儿到了松岩口。

在第一周内，他一共检查了五百二十多名伤病员，这里面大半是平型关战斗下来的，有一部分是友军，从南口受伤下来的；由于医药和器械的缺乏、技术的贫弱，他们已在医院里躺了一段不短的时间。第二周白大夫就开始施行手术，紧接着四个星期的连续工作，一百四十七名伤病员在手术后的短时间内，就又带着健康的身体，重返前线去了。

在河北村、河西村、松岩口三个后方医院的短时期工作中，他对这三个医院提了许多意见。不久以后，在组织方面，以及在清洁卫生和确立各种需要方面，他很高兴他的意见在事实上已体现出来，三个医院都有了显著的进步。但这种进步还不能满足他的要求，为了提高医疗技术和医院设备，他亲自订了一个"五星期计划"，工作中心是：建立模范医院。

白大夫每天除了做手术、开处方外，一有空闲，他就指挥木匠做大腿骨折牵引架、病人木床和各种木料器具；铁匠做托马氏平板和洋铁盆桶；锡匠打探针、镊子、钳子……分配裁缝做床单、枕头……每隔一天，从下午五点到六点，他还要给医务人员上课，但没有教材，一块黑板算是大家的课本，他在上面又写又画，进行讲授。疲劳了一天之后，晚上在灯下就着手写一本为医生及护士用的图解手册。这本小书里面包括有急救、急症、药物、解剖、初步生理学、创伤的治疗、夹板的应用等章。这样，他解决了没有课本的困难。

将近两个月的时间，从清早一直忙到深夜，他不愿自己有一分钟的空闲。九月十三日，各方面的工作都按计划完成了。十五日，这个后来叫做白求恩国际和平医院的模范医院，举行落成典礼了。

松岩口这个村落，在白大夫来了两个多月以后，以明快的整洁的姿态，站在数千个来庆祝落成典礼的客人面前了。迎着大路的一座民房，就是新创立的模范医院。里面布置了两个伤病员院子，入口处都挂着一块朴素洁白的横匾，一块写着"中山医院"，一块写着"毛泽东医院"。医院的创始者——这时候已经是晋察冀军区卫生顾问的白求恩大夫，脸上浮着兴奋的微笑，招待着来宾：军区司令员聂荣臻将军、边区行政委员会宋劭文主任、群众团体代表、老百姓、部队的医务工作人员、部队、机关代表……

上午，开幕典礼的大会在村里戏台前的广场上举行了。台前挂满了庆贺的鲜红旗子，来宾兴奋地走上台去，讲了衷心愉快的祝词，

随后,白大夫就以主人的身份说话了:

"……运用技术,培养领导人才,是达到胜利的道路……在卫生事业上运用技术,就是学习着用技术去治疗我们受伤的同志,他们为我们打仗,不仅是为了挽救今日中国,而且是为了实现明天的伟大、自由、没有阶级的民主的中国。那个新中国,他们和我们不一定能活着看到了。不管他们和我们是否能活着看到那个和平和繁荣的无产者的共和国,主要的是,他们和我们都在用自己今天的行动,帮助它诞生,使那新共和国成为可能的。但是,它之能否诞生,取决于我们今天和明天的行动。它不是必然的,它自己是不会产生出来的,它必须用我们大家的鲜血和工作去创造。"

是的,白大夫就是新中国这婴儿将要诞生时的助产士当中的一个。

(四)

九月下旬,边区四面增兵,敌人以步、骑、炮二万三千左右的兵力,配合空军和机械化部队,分十路向军区腹地进攻了。模范医院转移山地,白求恩大夫离开医院,带着医疗队到了某军分区卫生部的后方医院。这是一个基础薄弱的医院。

检查病房时,白大夫看到了这个医院许多不良现象,他带着不满的情绪,走进卫生部长的寝室,劈口就问:

"现在夜里冷吗?"

"九月天,当然冷啰。白大夫你请坐。"卫生部长递过一杯茶来。

他没有喝茶,两股炯炯的眼光,质问般地盯着对方,又说:

"你不盖被子行不行?"

"自然需要被子……"

"伤病员为什么没有被子？把工作人员的被子拿出来，给伤病员盖……"

工作人员担心自己没有被子也没法过夜。白大夫对大家说：

"一个医生、一个护士、一个护理员的责任是什么？只有一个责任。那责任就是使病人快乐，帮助他们恢复健康，恢复力量。你必须把每一个病人看作是你的兄弟，你的父亲——因为实在说，他们比父兄还亲——他是你的同志。在一切的事情当中，要把他放在最前头。被子应该给他们先盖上。我们不能让伤病员不盖被子，而我们自己盖被子。"

说完话，白大夫没理他们，独自走出去了。他回到寝室里，把自己那床绸被子送到病房里，给一个重伤员盖上了。卫生部长把被子拿回给他，他却不要，卫生部长说：

"你晚上不盖吗？"

"我不能让伤病员不盖被子而我自己盖被子。我可以不要……"

"这怎么行呢？伤病员的被子，今天晚上，我们一定想办法。"

他的态度稍微缓和一点了，问：

"什么办法？"

"我把我的被子拿出来……"

站在旁边的医生、卫生员们，听见部长要拿被子，都抢着说：

"我的被子也可以拿出来……"

"我的也拿出来……"

先前担心拿被子没法过夜的三十多个工作人员，都拿出自己的被子给伤病员盖了。这时，白大夫才接受卫生部长的请求，把自己的被子拿回去。当着卫生部长、医生、护士的面，他严厉地说：

"我以晋察冀军区卫生顾问的资格来说，这儿的医院是八路军医院当中最坏的一个。这里面存在着很严重的官僚主义的作风,医生不到病房里去;在病房里叫护士,要大声叫好几次才叫得到,对伤病员不关心。我们的脸要向着伤病员,我们要了解现在的问题,少在办公室,多深入下层去……"

"这些缺点我们正在努力改正。"

他见卫生部长虚心接受他的意见,心里很高兴,说完后,就把卫生部长约到自己的屋子里来,抱歉地说:

"请你原谅我的脾气,不过做卫生工作,不这样严格要求是不行的。我们要不客气地批评,对个人的虚荣要残酷,不管年龄、地位、经验如何,只要它挡着我们的路,我们就要给予打击……"

"我们一定照你的意见去做。"

"我有什么不对的地方,也希望你们给我批评,我将百分之百地在工作中来改正……"

第二天下午,在卫生部长领导之下,后方医院的院务会议举行了。会上,大家对过去的工作,进行了严格的检讨和自我批评,这次会议是改进工作作风的发动机,以后,每个同志,就以新的姿态,向前进步了。

在这儿工作了一个多月,当洪子店一带战事激烈的时候,他到前线去参加救护工作了。十月二十五日左右,他回到军区,看见转移到山里来的模范医院,虽在困难条件之下,仍然保持原来的面貌,感到衷心愉快,到处去巡视,天真得像一个小孩子,并且对人们说:"这是八路军最好的医院,但是我们不要停止到这里就完了,我们必须继续计划、工作,使这个医院成为全中国军队里最好的医院。"在这儿工作了一个多星期,他就到军区北线的后方医院第一所工作去了。

（五）

到第一所没有三天,白大夫就接到三五九旅王震旅长自雁北打来的电报,告诉他前线的情况,他兴奋得一夜没有睡好,拂晓便出发了。

十一月天,崇山峻岭的雁北,更觉得严寒了,山岭上披着一层绒毡似的厚雪,雪还在继续下着。黄昏,白大夫披着一身雪花,到了雁北灵邱河浙村。三五九旅后方卫生部(由于战争环境需要,卫生部分前方和后方两部分)的人们在村外河滩上排着两行,高呼着欢迎的口号。半里外白大夫就下了马,和卫生部顾部长一块儿进了村,他脱了雨衣,掸了掸皮帽子上的雪花,急忙忙地问:

"病房在哪儿?"

"不远,"顾部长说,"过一会儿,吃完饭,再去看病房。"

"吃饭还有多久?"

九旅卫生部政治委员潘世征同志说:

"还有二十分钟。"

"那太久了,先去看病房。"

潘世征同志顾及他行军一天,走了八十里山路,又下雪,太疲劳了,并且还是早上出发时吃的饭,就劝他:

"休息一会儿再去吧。"

"我是来工作的,不是来休息的。"

大家没有办法,带他一块儿去看病房。他一口气检查了三十多个伤病员,有几个是刚从前线抬下来的,这其中,有五个要立即做手术。他问医疗队的王大夫:

"二十分钟后能做手术吗？"

王大夫有点悚然，在医疗队里，他负责检查所到单位的手术室的工作，今天刚到，没顾得上去看，歉意地答道：

"我还没到手术室去看。"

顾部长接过来说："二十分钟后可以做手术，叫他们去准备好了。你先吃点饭去，一会儿好做手术。"

"我也要去参加准备工作，没有时间吃饭。"

准备工作很快完成了，手术室里挂着一盏汽灯，虽然有十多个人，却没有一点声音，只是汽灯在嗡嗡地响着，屋子外边围着一大群卫生部工作人员和老百姓在张望。一个年青的叫做肖天平的伤员躺到石制的手术台上了，脸色苍白，左小腿上缠着满是脓血的绷带，紧粘在血肉上，伤口里散发出一股臭味，绷带缝里露出根犬牙般的长骨，腿斜向内翻着——伤后治疗没有上夹板，这是因为物质条件困难，准备的夹板不够用。

啪的一声，白大夫把手里的器械扔在器械桌上，两只手交叉着，满脸怒色，对着顾部长说：

"这是谁负责的？"

"郑大夫。"

"为什么不上夹板？中国共产党交给八路军的不是什么精良武器，而是经过二万五千里长征锻炼的干部，为什么对干部这样不关心？因为不上夹板，必须截肢，"他惋惜地对伤病员说，"要切掉呀，好孩子。"

伤员的眼泪泉涌般地向外流着。事情是很严重的了，但更严重的是没有时间来马上追究清楚这件事，他简单地结束了这件事："郑大夫要受到处罚。"他伸伸腰，深深地吐一口气，望了潘世征同志一

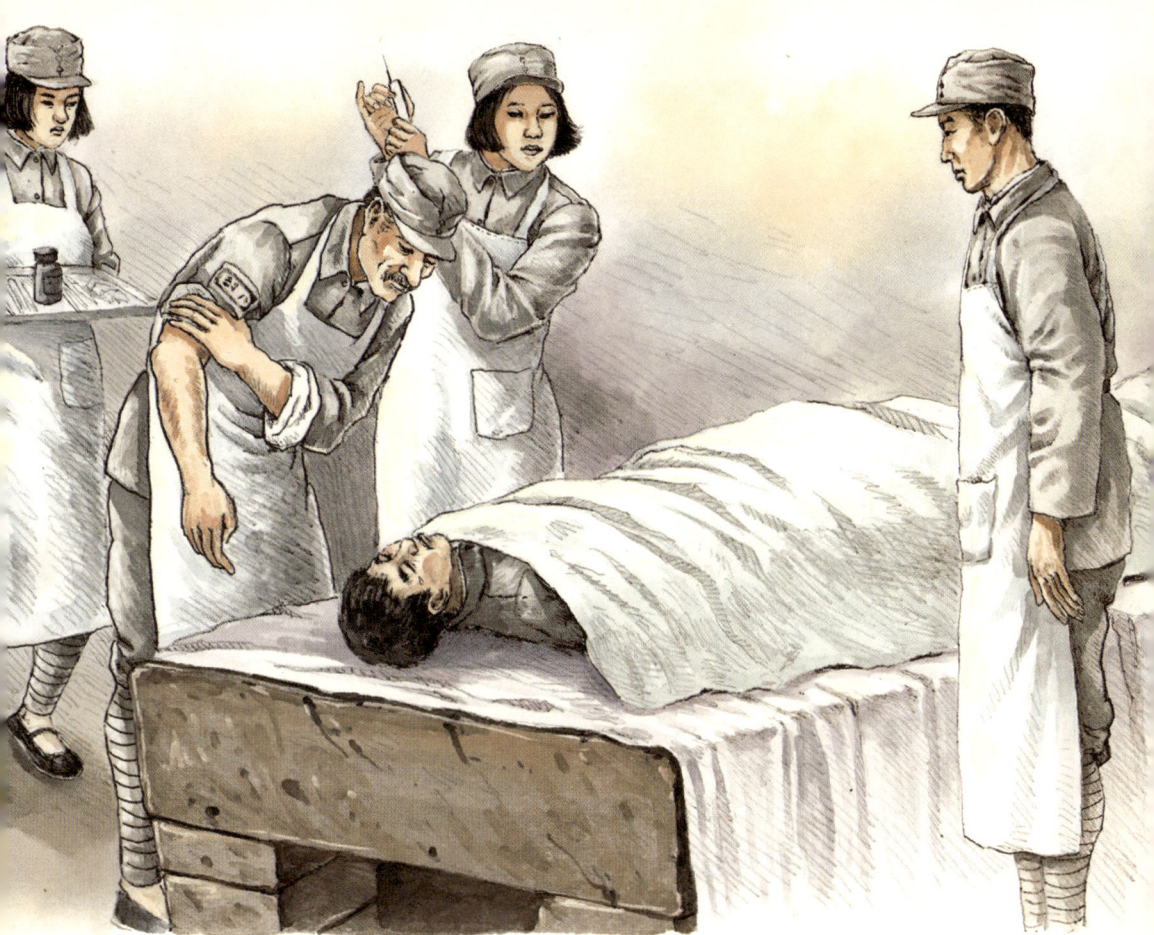

眼，弯下头去，关切地对伤员说：

"你相信我吧，孩子。"

麻醉师给伤员上了麻醉药，麻醉的深酣还要等待一会儿，他利用这片刻的时间给医务工作人员讲离断术的历史：

"在最初的时候，还没有血管钳子的发明，那时止血是用烙铁的。十六世纪时，一切创伤都是用铬铁烧灼，或注射沸油作正当治疗……"

当手术开始后，锯骨的声音，咯吱咯吱地响着。站在门外偷看的人群里发出细碎的话语，白大夫做完了手术，夹起一块染满了鲜血的纱布，生气地向人群当中扔去：

"这也不是戏院子，有什么热闹好看，这是手术室啊。"

白大夫做手术时需要绝对的肃静，要全体工作人员的力量都集中在病人身上，不允许你分散一点注意力。在晋西北时，有个大夫曾经在手术室里削梨子吃，为了工作，白大夫也毫不客气地把刀和梨扔到外边去。

门外偷看的人走了。他握着离体了的下肢，用钳子夹着一条肌肉，恋恋不舍地说：

"在技术上说，这还是活着的，你说，这是生命啊，在海洋，在日光中，至少是一百万年的变化史呀……"

直到深夜十二点才把手术做完，顾部长请他去吃饭。但他回到自己屋子里，脱下衣服，又跑到病房去了，他对刚才做过手术的病人，用生硬的中国话直接问道：

"好不好？"

伤员没有叫的，没有哭的，很平静，都说："好。"

他高兴得简直跳了起来，对潘世征同志说：

"只要伤员告诉我一声好，那我就不知道该怎么高兴了。"

他这才回来吃饭，吃完饭，他又提到伤员小腿骨折没上夹板的事：

"处罚那个不负责任的郑大夫，我要给你们旅长写信的。假使一个连长丢掉一挺机关枪，那不消说是会受到处罚的；而一个医生对伤员……枪还可以夺回来，但生命，人……爱护伤员要像亲兄弟——像你希望别人爱护你那样地爱护伤员。"

卫生部长顾正钧同志给他解释，目前物质条件困难，在前线，还没有足够的夹板设备，但马上遭到白大夫的反对："你们老说没有没有，没有就应该马上做。"他又批评手术室和病房消毒不严密，手洗得不干净，伤口也洗得不干净，但是手术准备工作很快，他很满意。最后他想起王旅长电报上所说的战斗，伤员应该很多，为什么这么少呢？潘世征同志告诉他，所有的重伤员都在曲回寺卫生第二所哩。白

大夫顿时又不高兴了,说:

"你们为什么带我到这儿来?医生是哪儿有病人,上哪儿去!"他抹上袖子,看着夜光表,快一点了,夜已深沉,村里的人都进入酣快的睡乡了。他想了一想说:"明天早上四点半钟去曲回寺,能准备好吗?"

"能。"顾部长说完,和潘世征同志一块儿出来。他们笑着说,老头子疲劳了一天,这么晚不睡,四点半能起得来吗?但是顾部长还是通知各单位准备了。顾部长是个细心的人,他四点钟就爬起来,走到白大夫窗外一看:屋子已经点好了灯,亮堂堂的。他推门进去,白大夫穿得整整齐齐的了,第一句话就问:

"现在开饭吧。"

"好。"顾部长连忙退了出来,去叫起他们,招呼吃饭,拉牲口,上驮子……顾部长他们还没时间顾上吃饭,白大夫已吃完,催着出发了,顾部长他们只好饿着肚子跟着走。到曲回寺的时候,天才放亮。一上午检查了一百多个伤员,接着就做手术。傍晚,他把顾部长、潘政委和四个外科医生招呼到屋子里,根据今天检查和做手术的例子,给他们讲了四小时关于创伤治疗的课,直到半夜。第二天又是四点钟起床,到黑寺前线救护伤员去了。在那里,四十小时内,做了七十一次手术。因为流动医疗队靠近火线,缩短了运送时间,有三分之一的伤员,手术没有感染化脓,这是一个很大的进步。

(六)

从三五九旅回到杨家庄的第一所,白大夫急于要完成特种外科医院的建设。第一所里当时收容了三百多个重伤员,除了监督筹备特种外科医院外,他每天都要给十个以上的伤员做手术。一个股骨骨折的伤员,经白大夫检查,需要做离断手术。可是这伤员受伤时流了太多的血,以"血色对照"化验,是严重的贫血状态,体温又高,精神萎顿,大小便不正常。要是不立即做手术的话,这伤员在很短时间之内,一定会死亡;如果做手术而不输血,那结果也还是接近死亡。白大夫说:

"要输血……"

军区卫生部长叶青山同志最近已经输过血,并且拿这个例子在医务人员当中动员过,但他们对输血还没有足够的认识,总以为输血对自己身体有很大的损伤。听白大夫说要输血,没有一个吭气的。叶部长对站在他身旁的护士邱××说,这次你输血吧,但他迟疑着。

这时白大夫叫王大夫验一下伤员的血型,王大夫在伤员的耳垂上取了一滴血,放在玻璃片上百分之一的一滴枸橼酸生理食盐水里,用标准血清的血液放在玻璃片上浮游液内,反应结果是B型;白大夫撅起胡髭的嘴犄角上浮起微笑,快活地说:

"我是O型,万能输血者,我可以输,准备手术吧。"

叶部长考虑到他的年龄和衰弱的身体,劝他道:"还是找另外一个人来输吧!"

"用不着,我输不是一样吗?前方将士为国家、民族打仗,可以流血牺牲,我们在后方的工作人员取出点血液补充他们,有什么不应该的呢?况且对身体并无妨碍。别耽搁时间,救伤员要紧。"

那个伤员躺在手术台上施行了腰椎麻醉,手术在悄悄地进行着,只听见低微的咯吱咯吱的锯骨响声,皮肤缝合包扎上绷带后,白大夫便到另一张手术台上,紧靠着伤员,解开衣服对王大夫说:

"来,快点输血。"

白大夫对伤员的肘窝部进行了严格的消毒，用输血器插到静脉里：加拿大共产党员三百毫升的血液静静地输到了中国人民的八路军战士身上。伤员手术部分的组织新生力强旺，饮食增加，体温正常。三个星期以后，这个垂危的伤员，又恢复了健壮的身体，走向战场。

当白大夫躺下来输血的时候，护士邱××走到叶部长身旁流下了眼泪，激动地指着伤员说：

"叶部长，我要输血给他。"

叶部长走到白大夫身边，白大夫连忙摇头说今天来不及了，护士也没检查血型，不一定能用。邱××看这次没有希望了，便要求道：

"那么下一次，一定让我输吧，难道我还不如一个外国人吗？"他伤感地嘤嘤哭泣起来了，"早先我也不是不肯，我不懂得输血……"

白大夫输完血，站起来，拍拍他的肩膀说：

"好孩子，不要哭。输血的机会多得很，下次一定让你第一个输。"白大夫转过脸和叶部长商量，"这样好了，我们成立一个志愿输血队，把队员血型检查好，省得要的时候费事……"

叶部长同意他这个意见，邱××首先报了名，接着后方医院政委刘小康、翻译、医生、文书、护士都报了名。这消息立即传遍了全村，老百姓听说外国人和部长、政委都给咱们受伤的八路军输血，没有一个不想报名输血的，杨家庄村长齐之彬、妇救会主任……都参加了志愿输血队。白大夫虽然已输过血，但他还硬要参加这个志愿输血队，说："能输血救活一个战士，胜于打死十个敌人！"

从此，许许多多失血过多伤势垂危的战士，他们血管里都有国际无产阶级代表的血，有中国抗日人民的血重新在流着，使他们能够第二次获得生命，继续为中华民族解放事业和全世界人民的解放事业，奔走在火线上、同东方法西斯匪徒搏斗。

（七）

　　医疗队到了第三军分区曲阳县境，住在牛庄，附近都传闻开了，连离牛庄六里地的宋家庄教堂里的新西兰女牧师郝尔也知道了。

　　郝尔来往平汉线一带传教，已有五年以上的历史，跟当地老百姓厮混得很熟。她今年已三十六岁，是老处女，说得一口流利的中国话，可是她喜欢同能说英语的人聊天。她听说白大夫来了，第二天一清早起来，也没带翻译，独自到了教堂。见她带着信徒在做晨祷，他生气地耸一耸肩，自言自语地说："这是什么时候，一二百里外便是敌人，还领着老百姓做祷告，简直是麻醉！"他见到郝尔后，坦率地问了她传教的情况。

　　"本县有七百多个教徒，本村有五十多个，自从打仗以后，很少有新的教徒参加，原来的教徒也有许多不来祷告了。"郝尔长叹一声，说，"不在上帝面前忏悔自己的罪恶，这些不洁的灵魂，怎么能够走进天国的门呢？"

　　"现在到天国之门的路上，有东西阻拦着。"

　　郝尔大吃一惊，焦急地问是什么东西。白大夫告诉他是法西斯，全世界的人民都在遭受法西斯的屠杀，这些无辜的人民生活在苦难里，生前没有人救他们，死后怎么能进天国呢？首先要从灾难里把活着的人救出来。她以为她正在从宗教方面着手做，但白大夫指出宗教不能起这样的作用，只有加速法西斯的死亡，才能拯救人类，希望她参加这一伟大的工作。

　　她以为白大夫要她参加战争，便表示无能为力，并说她反对任何战争。"战争固然带来了灾难，但要制止战争，首先要帮助正义战争的胜利，这样才会有永久的和平。你要是能给八路军一些帮助，比如代买些药品和手术器械，他们会很感激你的，连我也要谢谢你的。这是拯救人类最好的办法。"她被白大夫说动了，希望给她一些时间考虑一下。

白大夫回来没有向游副部长和董越千同志谈起这件事，后来和董越千同志聊天时无意流露出来，他说："她的确不大容易说服，要慢慢来，我一定可以战胜她。我相信，我还有这个把握。"

经过几次交谈，郝尔终于同意带白大夫去北平。他高兴极了，愉快地说："你带我到北平，我那儿有许多朋友，在城里许多事情我可以自己做，说不定可以募到一笔款子，可以多买些药品器械回来；在运输方面还需要你的帮助。"她答应帮助，但担心部队上不让他去。白大夫说不要紧，可以不告诉部队，只是说到前边村庄去看看，也不骑马，让县政府给自己准备一辆大车，等把药品器械运回来，他们即使有意见，可以对他们说明：不去北平，缺乏药品和器械的问题怎么解决呢？一个外科医生没有药品和器械是不能救人的啊。郝尔同意他的办法，但提出一个条件：

"你得换上便衣，打扮得像一个传教的牧师。"

"我胸前也挂一个十字架，你给我一本圣经，我拿在手里，郝尔，你看我像一个牧师吗？上帝一定会帮助我的。"

郝尔对他仔细望了望，听他说到最后那一句，噗嗤笑了，指着他满嘴的胡须说：

"你也相信上帝吗？我知道，你是一个无神论者。"

"上帝不是要救人类吗？我就是做着这种神圣的事业。"白大夫幽默地说,"我是比上帝的信徒还要信仰上帝的。"

白大夫和郝尔约好明天中午去北平,从教堂出发。他自己秘密地到县政府里去要了大车,回来,也不跟谁谈,把房门一关,从箱子里拿出一套深灰色哔叽西装,和一件细蓝条子衬衣,准备明天带到教堂里好换上去北平。

白大夫到县政府要大车的那天晚上,消息转到第三军分区司令员那儿,他感到奇怪,立即打电话问董越千同志。董越千同志把几天前白大夫和郝尔商议的事汇报了,司令员马上判断白大夫可能要去北平,万一被敌人发觉,一定会发生意外的。董越千同志建议把这件事报告军区司令员聂荣臻同志,要是不同意白大夫到敌占区去,即刻回电来。第三军分区同意这个办法。

深夜三点,董越千同志收到第三军分区转来的聂荣臻同志的电报,第二天一清早把电报送到白大夫手里,那电报是这样写的:

三分区转白大夫:有要事,即返军区。聂

白大夫看到电报,自言自语地说:"有什么要紧的事要我即刻回去,我在外边工作还没完,怎么能回去?我不去。"董越千同志提醒白大夫:"这是聂将军亲自打来的电报。"白大夫立刻意识到这是军区的命令,他是一个共产党员,而且是军区的卫生顾问,需要服从命令。他怀疑地问:"是不是有重要干部受伤了?是不是聂将军有病,要我即刻回去?"

电报上没有说明,董越千同志劝他先回去,把聂将军的事办完了再回来。白大夫说他有重要的事要办,旋即又想到命令,叹了一口气,说:"这儿重要的事只好不办了,好吧,明天六点动身,连夜赶到军区。"

　　白大夫暗中准备的这个计划给这个电报打乱了。他告诉董越千同志和郝尔商谈的经过，抱歉地说，为什么事先没有跟他谈，怕他知道了转告军区，组织上一定不会让他去冒这个危险的。董越千建议可以把药品器械的单子交给郝尔去办。郝尔答应了。

　　白大夫他们赶到军区司令部所在地——蛟潭庄，司令部一科参谋说："聂司令员出去了。"白大夫沉下了脸，胡髭气得翘了起来，不满意地问：

　　"聂将军为什么不在家？他打电报调我回来的。"他走近一科参谋面前，把两只手叉在腰里问，"你说，为什么？"

　　"聂将军在开会。"一科参谋冷静地回答，他打了电话报告聂荣臻同志，然后对白大夫说，"聂司令员请你们马上去，他们在苍蝇沟开会。"

　　在苍蝇沟正举行全军区的高级干部会议。白大夫知道是请他参加这个隆重的会议，他烦躁和不满，便在气氛热烈的会场中消失得一干二净。他在会上发表讲话，表达了加拿大人民和中国人民团结起来打倒法西斯的愿望。会后，出乎他的意料之外，他得到聂将军的同意：他可以组织一个医疗队到冀中平原去。

（八）

　　白大夫组织了东征医疗队，去开辟冀中平原游击战争中的医疗卫生工作。二月十九日的黑夜，他带着十八个卫生干部，举着"晋察冀军区东征医疗队"的旗帜，冒着北国的寒风，穿过平汉路上敌人的封锁线，到了冀中军区司令部。那儿准备了丰盛的晚餐，吕正操司令

员亲自热烈地欢迎他。他脸上却流露出不满的神情,直率地说:

"你们拿我当客人,肉太多……"

白大夫对自己的生活是很刻苦的。在杨家庄举行实习周的时候,他就向组织上提出降低自己生活的水准,说是钱用多了,要取消组织上给他的那个炊事员,并且要和一般人生活一样。但组织上考虑到他年长有病,过去的生活又比一般中国人优裕,就没有同意他的意见。此后,那炊事员就常常遭他的批评,不是说菜做得太好了,便是说做得太多了。他要求节省,说战士只吃五分钱的伙食,我们吃这么好干什么,只要吃饱能工作就行了。

他到晋察冀军区不久,毛主席从延安打电报指示聂荣臻同志好好照顾白求恩大夫,每月发给他一百元津贴。他听到毛主席的关怀,心情无比激动,但无论如何不肯接受每月一百元的津贴。他对聂荣臻同志说:"我从延安来,知道毛主席的津贴很少,八路军官兵每天只有几分钱的菜金。我是一个共产主义战士,不应该有特殊享受。"

聂荣臻同志希望他根据毛主席指示,接受一百元津贴。他坚决不同意,给毛主席写了一封信,汇报他来到晋察冀边区以后的工作情况,表示永远和边区军民一道艰苦奋斗到底,其中有一段是这样写的:"我谢绝每月一百元的津贴。我自己不需要钱,因为衣食等一切均已供给。该款如系由美国或加拿大汇给我个人的,请留作烟草费,专供伤员购置烟草及纸烟之用……"

当时聂荣臻司令员每月的津贴只有五元,一般干部也只有二元左右。白求恩同志要求每月生活费都要记账,并且经常亲自检查。他和战士一起学习和生活。他说:"在前线我是年纪最大的战士。我为这一点感到骄傲。可是我仍然是战士啊,不能特殊。……过去的生活曾经引诱过我,但是为了理想,那些日子就让他一去不复返了吧!这儿的生活相当苦,而且有时非常艰难,但是我过得很快乐。我没有钱,也不需要钱。可是我万分幸运,能够来到这些人中间,在他们中间工作。"

医院给他的水果和香烟,他也常转送给休养员。他对医务人员说:"要爱护休养员,休养员要穿好吃好。"在军区后方医院时,曾根据他的意见,给休养员设立了营养室。

吕正操司令员问他想吃点什么,他说:

"我要吃素菜,我们八路军是艰苦奋斗的,你们弄肉给我吃,这样招待我不好……"

于是做了一些素菜给他吃,在冀中军区工作了一个时期,白大夫便到了一二○师的卫生部。这时,敌人向冀中疯狂进攻,部队伤员大部分分散,白大夫为了适应新的环境,决定把医疗队分成两队,一队在前线,一队在后方;前线的,由他率领。

五月初,一二○师师部驻在任邱县的大株村,师部正在开一个会议。河间城里集中了两千多敌人,带着钢炮、掷弹筒,向温家屯进发,企图消灭我师的主力。敌人在齐村和七一六团接触上了。这就是有名的河间齐会战斗。

夜晚,白大夫的医疗队,就在离火线仅五里多地的温家屯村边一个小庙里,布置好了手术室。白大夫穿着白手术衣,围着红橡皮围裙,头上戴着一盏小电灯,身上背着电池,正在紧张地做手术。腾地轰的一声,一发炮弹落在手术室后面,爆炸开来,震得土都飞扬了,小庙上的瓦片咯咯地响,有一片落在地上打碎了。一二○师卫生部曾育生部长对翻译说,劝白大夫转移到后面去做手术,白大夫摇摇头说:

"打仗就是这样。前面有部队不要紧,应该做下去。这不算什么,我在西班牙的时候,比这里更厉害,飞机大炮更多哩。做军医工作就是要和战士在一块儿,就是牺牲了,也是光荣的。怕什么,做下去……你去看看,告诉他们有脑部腹部创伤的:不必登记,马上就来告诉我。"

曾部长出去检查了,他仍旧在做手术……

在火线上,指导员握着驳壳枪,看见无数戴钢盔的敌人;接着一个摇着太阳旗的队长疯狂地冲过来。指导员便嘶哑地鼓励道:

"同志们,冲啊,打垮敌人……白大夫就在我们后面,受伤不要紧,冲呀!……"

战士们听见白大夫在后面,浑身充满了劲儿,更无所畏惧地冲了过去,敌人溃退下去了……

枪声沉寂了一会儿之后,大炮和机枪又在平原上咆哮起来,一发炮弹又落在手术室的侧面,毁坏了一堵墙……

曾部长走进手术室,告诉白大夫,火线上下来一个腹部中弹的伤员,这是六小时前冲锋时挂的花,因为肠间膜动脉管破裂而大量出血,使腹内积满了血。伤员正面临死亡的威胁。他是六团一营三连连长,叫徐志杰。伤员马上被抬上了手术台,白大夫把他的腹部从中剖开,取出一截红腻腻的肠子检查,伤在横结肠和降结肠,上面有十个穿口和裂罅。用羊肠线把它缝合后,白大夫就掉过脸来对曾部长说:"准备木板。"缝好了腹部,他又拿出一套木匠用具,在做"靠背架",边锯木板边说:

"一个战地外科医生,要同时是木匠、缝纫匠、铁匠和理发匠,有这四匠,才是个好的外科医生。"

他预知这伤员手术后呼吸一定困难,用"靠背架"就可以让他坐着呼吸,他把徐连长安置好后又回来做手术,每隔一小时他就去看一

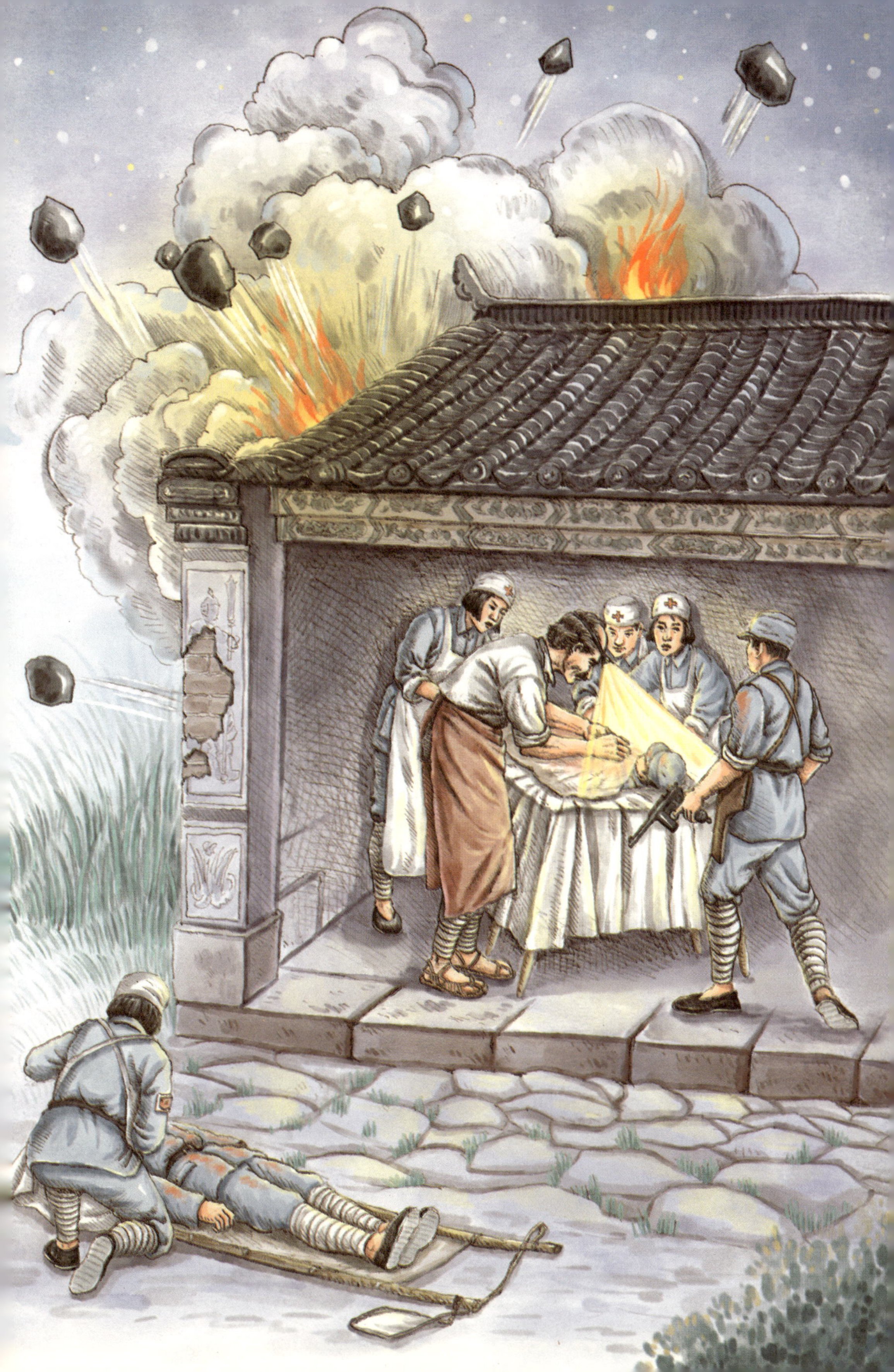

次徐连长,并告诉医生,一个星期之内,伤员不能吃任何东西,只能用糖盐水做点滴灌肠,口渴时,用水漱漱口。

这次战斗我们消灭了五百多敌人,自己也有二百八十多个伤亡。白大夫带着医疗队连续做了三天三夜的手术,只在夜里打个盹儿,不到两个钟头,便又急着要做手术。贺师长关政委劝他休息,他不肯,说:"伤员这么多,这样痛苦,我们休息是不应该的,要把手术做完,我才能好好休息。现在让我休息,我也不能好好休息的。"做饭给他吃,他也不吃,只是吃一点很简单的点心——油煎洋芋片和馍片。

一个星期之后,他每隔两小时去看一次徐连长,他省下自己带来的荷兰牛乳和咖啡不吃,给他吃,并且每天亲自给做四顿饭,曾部长看见白大夫眼睛上网了一层红丝,实在太疲劳了,劝白大夫不要做,让他做或者叫炊事员做,他不答应,说:

"药物只在一定程度上有用,是最次最次要的,理学疗法和食饵疗法配合得好、护理得好,伤病员就能够很快恢复健康,还是让我自己来做……"

他去看徐连长时,把别人送给他的梨子,放在徐连长枕头旁边;把香烟放在他嘴里,给他点火,看他抽;白大夫心上感到无限的愉快和安慰,向他伸出大拇指,说:

"你是我们英勇的八路军战士!"

部队行动,他叫人抬着徐连长,跟着他一块儿走。二十八天之后,徐连长的伤口已没有问题,他这才叫把徐连长送到后方去休养。徐连长抓着白大夫的衣服,不肯走,哇哇地放声大哭起来。白大夫给他拭干了眼泪,徐连长说:

"白大夫,你是我的爸爸,你是我的妈妈,你比爸爸妈妈还爱我,我没有什么报答你的,我以后只有多杀死几个敌人来报答你。"说完话，他又忍不住哭起来了。白大夫劝他不要哭，拍拍他的肩膀说：

"这是我应尽的义务，不要感谢，大家都是同志。我把你救活了，就等于救活我自己一样的。到后方去好好休息一个时期，再回到前线来，消灭法西斯匪徒，再见！"

白大夫对这次战地救护工作大为称赞，特别是腹部创伤治疗，有惊人的成就；在欧洲，一般腹部创伤的死亡率都在百分之八十以上，而冀中敌后那样困难的条件之下，竟然只有百分之二十的死亡率；这成就，只有在八路军那种克服一切困难的坚韧精神之下，才能达到。

齐会战斗后，他听到子牙河边的王家庄有伤员（这是独一旅的），他马上要去。旅长告诉他，王家庄对岸就有敌人的据点，哨兵都可以看得见，劝他不要去，或者把伤员运来治疗也可以。他不肯，说："医生坐等病人的时代已经过去了，我们要到伤员那儿去，不要等伤员来找我们，哪儿有伤员，外科医生就应该上那儿去！"旅长再劝阻他的时候，他更坚持地说：

"我是晋察冀军区的卫生顾问，要执行我的意见才行。"

旅长没法，派了一个骑兵连掩护他去了。他到了那儿，很快检查完了八十多个伤员，并且做完一个手术，就送走一个；刚送走六十多个伤员，骑兵连长跑来告诉他，对岸的敌人出动了，已经在过河哩。他还是不慌不忙地把手术做完，然后收拾器械说："敌人还想捉我这个外国人吗？他别想。"他和骑兵连刚出村，四百多敌人已到了离村只一里多地的地方，多险啊！事后他说："幸亏我们那位干练的龙管理员安排得当，加之全体人员都骑骡，人员和装备才未受损失。"

· 105 ·

（九）

在冀中，白大夫遇到西北战地服务团的一位女病员，姓孙，抗日战争把她卷入到遥远的敌后。她身体原来就不大好，经过敌后艰苦的生活和频繁的"扫荡"，又得了病，叫做冷性结核性脓疡，身子坏了下来，眼看着一天天接近死亡。服务团请白大夫给她看病。白大夫诊断之后，皱起眉头。团里的人急了，难道她真的无救了吗？

"有救的！"白大夫用右手的无名指敲着自己的太阳穴，说，"在冀中没有办法，要到北平去。"

这差不多等于宣布无望。在那样残酷的环境里，服务团的经费又是那么困难，怎么可能去北平呢？更何况敌人重重封锁，即使解决了经济上的困难，也进不了敌占区，到不了北平，治不了病。白大夫说他有办法。如果在医药设备好的地方，他可以治好她的病，但在冀中不行。他要设法让她去北平。白大夫写了一封信给当时驻在冀中的一二〇师师长贺龙将军的参谋长周士弟同志，要求把孙同志送到北平去治疗。

周士弟同志认为西北战地服务团是地方上的统一战线性质的团体，不属部队管辖，不便过问，因而表示非本部人员便未处理。白大夫知道这个情况后，气得不得了，手都发抖了，他口吃地对董越千同志说：

"我非要给贺龙将军打一仗不可！"

他不听董越千同志的解释，和董越千同志一起到一二〇师司令部去了。他一反过去举止随便的亲切态度，很严肃地用正步走进去，向贺龙将军敬了军礼，报告道：

"将军,我希望你答应我一件事。"

贺龙将军高大魁梧的身材,站在屋子当中,满是风尘的脸庞上有一撮浓黑的胡髭,嘴上叼着一支烟斗。他摘下烟斗,吐了一口烟,微笑地问道:

"有什么事,坐下来,随便谈吧!"

白大夫双手垂直,严肃地站在那儿不动:

"我要求送一个中国女孩子到北平去治疗……"

贺龙将军早从周士弟同志那儿知道了这件事,不等他说下去,便告诉他不行,白大夫问为什么。贺龙将军说:

"因为不是部队的,而是地方上的,又是统一战线性质的团体,我们部队不便于随便送走人,万一在敌占区发生什么情况不好……"

"属于哪一部分,就应该由哪一部分送去,我的要求是送她到北平去治疗……"

"就是属于部队领导的团体,也不可能送她去北平治疗,何况不是的。现在敌后这么困难,伤病员这么多,不可能每一个干部有病都送到北平去治疗,如果这样做,会使得部队以后很难处理这类问题。要是送到山里,送到延安,送到大后方,是可以设法的。"

"不管她是哪一部分的,她是病人,有病就应该马上治疗。我不能看一个病人危险而不救她,我做不到。"

"在这一点上,我们没有分歧,我们大家关心干部是一致的,要治疗也是应该的。但不一定到敌占区去治,可以到别的地方治。如果你一定要送她去北平也可以,不过用部队的名义不大好……"

"是不是由于经济关系?"

"不是的,是系统关系。经费我们倒可以帮助,还有她的安全问题要慎重考虑。"

"她病得很危险,现在送到延安和大后方已经来不及了,如果不在短时间里抢救,就没有希望了。"

贺龙将军知道,抢救病人,时间是很重要的因素,他说:

"如果是这样,她可以去北平治疗,可是北平是敌占区啊!"

"将军,我已想好了办法,那个新西兰的女牧师郝尔最近要到北平去,我可以托她把孙同志带去,打扮成老百姓,再安全也没有了。"

贺龙将军爽朗地笑了,那哈哈的笑声响彻整个屋子,他亲密地紧紧握着白大夫的手。

孙同志随着郝尔到北平治疗去了,半年以后,她恢复了健康,以一个强壮的女战士的英姿,重新投入敌后英勇的战斗中去了。

(十)

一九三九年七月一日,他从冀中回到冀西山地。这时,他的注意力集中在军区整个卫生机关的全面工作上。他向军区卫生部建议:开办卫生材料厂,来解决药品的困难;创办卫生学校,来解决医务干部的困难。他亲自给卫生学校订了详细的课程和章程,八月,军区原来的卫生训练班和从延安去的卫生学校合并成为卫生学校晋察冀第二分校,他把自己的爱克斯光和显微镜捐给了这个学校(为了纪念他,后来改称白求恩卫生学校了)。从七月到九月,他用全部精力编写战地医疗的书籍——《游击战争中师野战医院的组织和技术》《模范医院组织法》……

为了了解和推动全军区卫生工作的进一步提高和发展,他提议组织军区卫生部巡视团,团员五人,由他率领。他准备巡视完就回国去,为晋察冀边区募集经费、药品、器械和书籍。

他在军区各后方医院巡视时，一有空闲，就在村子里检查群众卫生工作。在于家寨小庙旁边，他看见一个老汉在幽幽地哭泣，就跑过去握着他的手，关切地问他为什么伤心。老汉抬起头来，吃了一惊——握着他的那只温暖的大手，原来是外国人的。他用袖子拭去了老泪，抽咽地说："死了人哪。"

白大夫问："什么人？"

"我的小孩子……"

白大夫要去看这病死的小孩，老汉说已死不用去看了；但白大夫坚持要看，站在旁边抱着一个兔唇小孩的老妇说"大鼻子要看，就去看看也没啥"，便领着他去看了。一问，小孩是生了几个月的痢疾病死的。白大夫问他为什么不上医院去看，他说：

"没有钱。"实际上他是对西医不了解，没肯把小孩抱来看。

"八路军医院看病不要钱的。"

"看病不要钱，我买药也没有钱。"

"药也不用钱的。"白大夫掏出四元边币给老汉，劝他不要哭。老汉感激得直向白大夫作揖，旋即被白大夫阻止了，转过脸来，白大夫看见那个老妇怀里的小孩是兔唇，便告诉她："我给你小孩的嘴缝合好不好？"

她不禁惊讶了，天生的缺嘴，还能缝好吗？当时她没有做出回答，白大夫以为老妇又怕出钱，急忙加上一句，说：

"不要钱。"

小孩被带进手术室，缝合后，不久就长好了，老妇送来鸡蛋和枣子，表示她对白大夫衷心的感谢，却被白大夫退回去了。他是不要老百姓报酬的。但他对老百姓的关怀如同一家人似的。记得敌人把平山县洪子店焚烧成废墟时，他正在前线救护，并亲自走到老乡面前去

慰问,用生硬的中国话,对老乡说:

"不要哭,我们要向日本鬼子讨还这笔债的,我就是来帮助你们打日本鬼子的!"

老乡看他如同亲人似的,简直忘记了他是加拿大人。他们心中暗暗兴奋起来,"外国人也来帮助咱们打日本鬼子哩"!

为了向世界人民宣传中国人民伟大的抗日战争,募集经费和药品器械,他提出回美洲一趟,准备第二年"五一"以前赶回中国。他的要求,党中央毛主席批准了。晋察冀军区还为他开了欢送会,正准备启程时,敌人调动五万以上的兵力,分十二路向边区进行"冬季扫荡"了。他改变了回国计划,说:"如果晋察冀沦陷的话,我这次回国就毫无意义。"他要求留下参加战斗,亲自到战斗最激烈的前线——摩天岭去。他在一个小庙里设立了手术室,持续紧张地工作着,直忙到第二天下午,这时,七百多日本鬼子从北面山头攻过来了,可是还有十个伤员的手术没有做。一分区司令员杨成武在电话里要白大夫立即带着医疗队从侧面高山转移过去,但白大夫仍然坚持要把手术做完,这样可以减少伤员的痛苦和死亡!他增加了一个手术台,同时进行抢救。最后一个伤员的手术是局部枪伤,伤口很深,白大夫一不小心,手术刀把他的左手中指第三节割破了。当时情况紧急,敌人逼近了。大家劝他走,但他不肯,继续做下去,说:"军医就是要和战士在一起,即使牺牲了,也是光荣的。"他用碘酒涂了一下中指,坚持做完最后一名伤员的手术,他们医疗队刚出村,敌人就到了。

(十一)

远处传来爆豆似的机枪声,白大夫骑上那匹棕红色的骏马,紧加了几鞭,马放开四蹄,在狭窄的山路上奔驰开了。他的翻译骑着那匹老马在白大夫后面,也紧加了几鞭,跑了二里多地才算追上白大夫,但那匹老马已气咻咻地喷着鼻子跑不动了。白大夫望着那匹老马臀部消着汗,蒸发出烟似的热气,便开玩笑地说:

"你这匹马又在喘了,年老的表现!现在假如我们两人在一起赛跑,你会像我的马,而我则会像你的马了。"

"不,你的身体比你的年纪要年轻些!"

"你不知道,我的体力日渐衰弱了,在西班牙时,我的体力不如在加拿大,去年不如在西班牙,今年又不如去年了……"

后面医疗队的人跟了上来,他们又向前面走去了。回到一分区卫生部第一所,虽然割破了的左手中指局部发炎,他仍然继续给伤员做手术。这时,他检查到一个外科传染病的伤员,是颈部丹毒合并头部蜂窝组织炎,脸部浮肿,神经错乱,他给伤员头部做了刮刀切开手术。把第一所伤员的手术做完后,他又派叶部长和林金亮去检查东线三分区。第二天早晨,他准备到冀中后方医院去,医疗队的一切东西都上了驮子,在等候白大夫出发。这时,白大夫还在病室里检查伤员。给昨天做手术的伤员更换完绷带,他又想起那个头部蜂窝组织炎的伤员。他走进病室一看,伤员浮肿消退了一些,精神也比昨天清醒,看见伤员还有一线生命的曙光,他欣喜地让把驮子卸下来,匆忙地准备给伤员做第二次手术。白大夫忙着做手术,竟忘记了戴橡皮手套,伤员伤口里的细菌在白大夫的中指刀伤处,像一个小贼似的溜了进去。但白大夫一心只注意到伤员,没想到自己中指会中毒,他说:

"不戴手套也有它的好处,手指感觉力的奥妙决不是橡皮手套所能比拟的。手指可以在伤口内感觉到哪儿是铁片,哪儿是子弹头,哪儿是碎骨块。"

直忙到下午,白大夫他们才出发。到了冀中后方医院,又是不断地工作,但手指却在慢慢发炎,肿胀起来,痛得很厉害。他打来一盆温水,把手指浸在里面,但没有什么效用。王大夫就在发炎的中指上,拿小刀切开十字形,站在旁边的人,看到白大夫病势没有起色,黯然抽了一口冷气。白大夫看他们那股颓丧的神情,就安慰道:

"不要担心,只留下两个指头,我还可以照样工作……"

七日,阴沉的低空,下着灰蒙蒙的小雨。前线情况更紧张了。白大夫不顾自己身上的病,急着要到前线去。后方医院院长劝他多休息几天再上火线救护,他却发起脾气来了:"你们不要拿我当明代古董,我可以工作,手指这点小病算什么,你们要拿我当一挺机关枪使用……"

他的精神忽然奋发起来了。

"等前线伤员抬下来,你在这儿给做手术好了。"

"那怎么行呢?刚负伤的伤员在前线治容易治好,比在后方好治。"

院长仍然设法劝阻他:

"现在已经打响了,你就是去也赶不上了。"

"纵然赶不上前线救护,至少可以在半路上碰着。"

天空中传来炮声、枪声和嗡嗡的飞机声。

不论谁再三对他劝解,都没有效果。下午,冒着霏霏的淫雨,医疗队踏上泞滑的山路,向着炮轰的方向前进。爬过一个又一个险峻的山头,冒着寒冷赶了七十里地,他是很疲乏了,坐在马上几乎坠落下来。

前方没有战地救护队,他看到一个个伤员从火线上抬下来,不能立即救护,难过得差点哭出声来。他忘记了自己是一个病人,中指局部炎肿益发厉害,肘关节下发生转移性脓疡,而且体温已增高到三十九点六摄氏度。到王家庄某团卫生队,他躺下来了。医生给他注射体内消毒剂,内服清凉镇痛解毒剂。这儿离火线只十来里,电话摇不通,白大夫叫翻译派通讯员通知各战斗单位,把所有的伤员一齐送到他这儿来。同时又命令王大夫,要是有头部胸部腹部的伤员,一定要抬来给他看,即使他睡着了,也要叫醒他。

第二天早上,把他左肘的转移性脓疡割开,他的精神忽然好了起来。但到下午,体温增高到了四十摄氏度,头又剧烈地胀痛了。

"扫荡"边区的敌人,从五亩地向王家庄袭击过来,某战斗兵团的季团长赶来慰问白大夫,劝他到后面比较安全的地方去休养,他躺在担架上,在密集的机枪声中,离开了王家庄,路上浑身发冷,呕吐了好几次。

抬到唐县黄石口村的时候,白大夫怎么也不肯走了,就在村子里宿营,屋子里给他生了火,窗户和门都关上了,他还嫌冷,牙齿得得地颤抖着。

军区卫生部叶部长听说白大夫病了,立即派陈医生来探望他。陈医生走进屋一看:白大夫清瘦的面孔越发苍白,四肢厥冷,身体已到了最坏的程度。两个医生用了各种药品,仍旧不能挽救白大夫病势的恶化。

他躺在床上,用几乎难以识别的笔迹,勉强地记下他最后的话语,告诉聂司令员他最近工作和生活的情形,向聂司令员建议:立刻组织手术队到前方来做战地救护,并把"千百倍的谢忱送给你,和其余千百万亲爱的同志"!

这时,他回忆起毛主席接见的动人情景,对身边的同志们说:

"请转告毛主席,感谢他和中国共产党给我的教育。我相信中国人民一定会获得胜利,遗憾的是,我不能亲眼看到新中国的诞生。"

他的呼吸越来越艰难，也越来越短促了。他凝视着站在面前的同志，激动地说："非常感谢同志们对我的帮助，多么想和你们在一起继续工作啊！"他躺在行军床上，想挣扎起来，可是已经没有力气了。

黄昏，他把写好的遗嘱，交给了翻译，并解下手上的夜光表，赠送给他，作为最后的礼物。撅起胡髭的脸上浮现出自慰的微笑，他谆谆地对翻译说：

"努力吧！向着伟大的路，开辟前面的事业！"

夜色笼罩着山野。屋子里静悄悄的，白大夫床头那支黯淡的烛光，摇映着垩白的墙壁，烛油一滴滴眼泪似的滚落下来，蜡烛在慢慢消耗着自己的生命……

一九三九年十一月十二日清晨五时二十分。

在安静的黎明中，加拿大人民优秀的儿子，勇敢严正热情的加拿大战友，我们的白大夫，吐出了他最后的一口气，留下了他未竟的事业！

负伤的指战员需要像你这样爱护他们的大夫；天天在继续扩大的晋察冀边区，需要像你这样勇敢严正的战士；新中国这婴儿快要诞生了，需要像你这样热情的助产士；但你却被毒菌夺去了生命，离开我们而去了！医疗界丧失了一个诲人不倦的导师，伤病员丧失了他们再生的父母，中国丧失了一个最好的战友，工人阶级的先锋队里丧失了一名优秀的模范战士……

这不幸的消息传出去，没有一个人听到后不茫然若有所失而哀伤的，没有一个人不黯然下泪的，甚至连身经百战、亲眼看见过无数的战友伤亡、曾经以"铁石心肠"自命的聂荣臻将军，在听到这消息后，也不禁潸然泪下了。全边区人民和子弟兵，含着眼泪悲壮而亢奋地高声唱着：

我们尊敬你，
像尊敬真理和正义；
伟大的加拿大朋友啊，
你像祖国的战士，
曾快乐地战斗在晋察冀；
在北中国的前线上，
安息！
亲爱的白求恩同志啊，
你为中华民族解放而死，
誓以我们的胜利，
来作你革命的祭礼！

1944年11月2日稿，延安。
1979年5月10日改稿，北京。

晋察冀行(节选)

"东亚新秩序"写照

在一条广阔的山谷里,我们踏着嶙峋的石子,在前进着。

虽然是在白天,但很奇怪,一路上竟然没碰见一个行人。难道是我们出发太早了吗?或者是附近没有村庄吗?我仰起头来看:四面全是山,山里有错落的树林,山里传来潺潺的泉水声,这是唯一的声音,连飞鸟的叫声也听不见。在我们前面约莫二三里光景,就有一个相当大的村落。

待我走到村口时,依然看不见一个人。

这个村正在大路中间,我们从村中间的一条大路走过去,村子里死寂得如同墓道一般,我们听不到一丝儿音响,正街上竟长了一尺多高的荒蒿,正街的房屋,没有一家是完整的,完全被敌人烧坏了,只留下一张张如帆似的破墙壁,抵抗着阵阵袭来的山风。

我很想停下来去看,因为这是"无人区",离敌人据点很近的,队伍要前进,不可能停下来。

在荒凉的山野里行进,一路上,连一个可以问路的人也没有,幸好我们带了一份十万分之一的军用地图,上面很详细地画出我们要去的路线。偶尔听到远处传来一两声脚步声,快接近时,这脚音便仓皇地消逝了。有时,也看到山那边有一两个人过来,但不等到接近我们,便飞也似的走了。好像恐惧什么似的。

为什么呢?

我不懂得。我们在路上,甚至想烧点水喝也不可能,一路上的庄稼地都荒芜了,到处是半人多高的蒿草,仿佛走进了原始的山林,一切的事物都以它自然状态生长着。

幸好这无人区只有五十来里地,到黄昏时分,我们终于宿营了,停留在孟县境地离平道岭八十里的王家庄。在这个村子里,我们开始看到了人,不过还是很少,只一两个,一问,原来还是属于敌人制造的"无人区"。

虽然这村原先有五六十户,但是所有的房子都叫敌人给烧了,只有村边的几间烧不掉的石窑,算是村里唯一残存的房屋。一路上被我们曾经称道过办事有能力的人,到这个村里来筹划烧水做饭找房子却感到无能了。

首先是没有房子,我们决定露营,用油布盖在身上,露水和小雨都不怕了。水还好办,村边就有一条泉流,最困难的是锅,全村的六十户人家,锅全被敌人打破了,只留下三口——这是村里人当敌人来时带到地里去,坚壁起来,敌人退去才又带回来的。现在还是每天随身带到地里,回来做饭时带回来。我们只好待老百姓做完了饭我们再做。

趁着这个空闲,我和黄君两个人到村里走走,全村原来人口是二百九十四人,在敌人的放火队几次到这一带烧杀之后,绝大部分的人都逃亡了,大部分逃到解放区去,一小部分的人就四散到山沟里搭窝铺,不敢回来了。

现在村里只留下了十一个人,刚才我们进村时所看到的两个,是方从山沟里下来,看看村里的情况,敌人来了没有。这十一个人,我都在村边的那几间的石窑里看见了。石窑门口,依然是冷清的,只偶尔从窑里透出低微的叹息声,像游丝似的,断断续续。窑门前挂着一幅草帘,我打开帘子伸进头去,里面顿时冲出一股难以言状的臭气,叹息声更高了。外窑黑洞洞的,地上杂乱地铺了一地的草,大概就是临时的床铺了。里窑里有四个大人和三个孩子,都聚集在炕上;四个大人就有两个女的,生病躺在炕上,叹息声就是她们发出来的。剩下两个大人,其中一个是瞎子,另一个虽然没病,但身体的健康已到了最坏的程度。三个小孩一律围在炕边,浑身泥黑,菜黄的脸上闪着两只没有光芒的眼睛。见我和黄君进去,小孩子显得恐惧,大人却表现得意外的恭敬和奉迎。我很奇怪,后来才知道,因为遭受敌人的灾害太多了,以为我们是敌人。当他们知道我们是八路军的时候,大人和孩子都惊奇地围拢来,连炕上的病人也吃力地翻过身来望着我们,凄惨地说:

"你们可来了啊!"

"你看,鬼子把咱们村子糟踏成个什么样子了!"

我看见他们的眼眶里溢出的泪花,躺在炕上的一个老太太说:"我们一家八口,走不动啊……"

"你们还有一个人呢?"我看窑里只有七个人,便问他们。

"还有一个小子,五岁,叫狼吃了。"

全家人都沉入到深沉的悲哀里去了。

村子里除了他们这少许人以外,就没有任何生物,没有猫,没有猪,没有狗,连树林里的鸟也很少。一到夜晚狼便成群结队地蹿进村来,先前是贪婪地吃被敌人打死的尸体,吃完了,便蹿进人家吃小孩,三个月来村里被狼吃去了二个小孩,他家的就是其中之一。

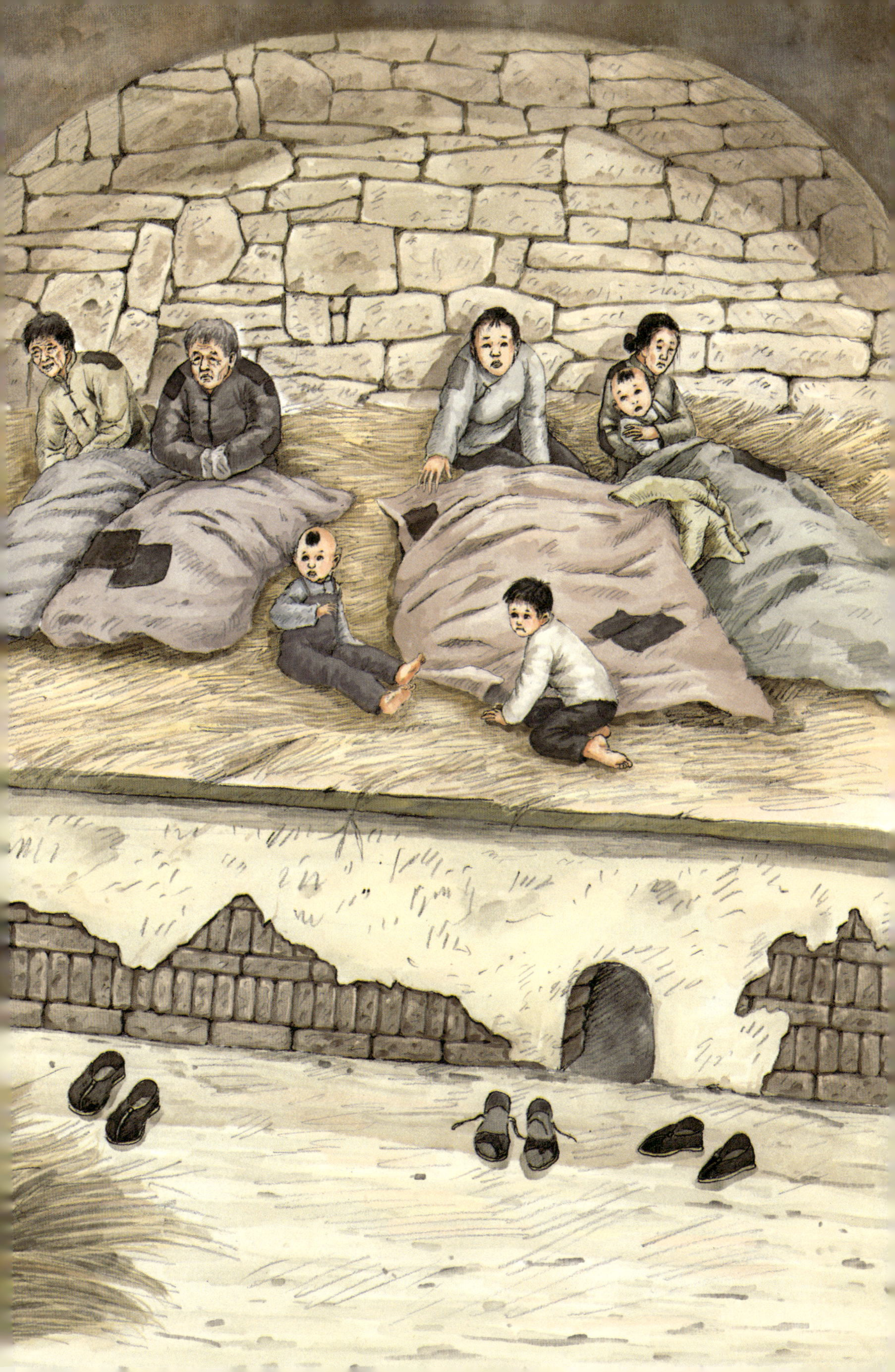

敌人统治不了这个地区，就残酷地造成了这样一个空前未有的无人区，把三十里一带的村庄送进了历史上少有的死亡、饥饿、荒凉的大灾难里。这就是敌人在中国建立的"东亚新秩序"。

这个地区离解放区较近，政府已派人开始调查，设法救济了。

我们走出来，黄君一连声叹息着，我知道这叹息声里是饱含着无限的憎恨和愤怒。

我们走到村后，在一溜荒芜了的梯田那儿，用石子、砖头一层层垒得很齐整的梯田正面，有一个地方，打了一个洞口，那儿露出一个女人的脸，披着错乱的长发，遮去了半个面孔，从披乱的头发当中露出两只可怕的眼睛，在注视我们。我有了刚才石窟的经验，高声告诉她：

"不要怕，我们是八路军。"

她果然不怕了。她手里拿着一个小筐子。梯田下面埋藏了两个瓮，里面是土豆和棒子。她拣了半筐子玉米和土豆，旋即将瓮封好，慢慢从小洞口那儿走出来，迅速地又用砖头、石块垒好，竟然看不出来里面藏着东西。她的衣服原来就很破旧，从洞里出来，更带了一身泥土。她有气无力地说：

"不藏起来，鬼子要抢的啊！"

鬼子把人民逼到怎样的田地啊！

到了月亮上升的时候，才轮到我们做饭。什么东西也买不到，幸好我们每个人身上都带了盐，做了一点开水，这样，把两碗小米饭送下肚去。

夜晚，我们加了岗哨。

我们集中在露天的一块平地上睡，牲口也放在身边喂。两头各有双岗，防备狼的袭击。

果然，不一会儿，山下便传来狼的嗥叫声，摄人心魄地在山村里荡漾着。放哨的手里都有木棍子,见狼远远在月光下走来,便呼啸地走过去,摇晃着棍子,狼这才远去了。

这一晚,我们没有很好地睡,第二天起来,也没吃早饭,便出发了,准备进入解放区再休息做饭吃。

沿途,我们一直在打听部队机关驻在什么地方,但是没一个人肯告诉我们(后来才知道是保守秘密),可是对我们很客气。人也多了起来,田野里,村庄里,都充满着欣欣向荣的景色,我们碰到有人查我们的路条,并且碰到服装齐整的少数正规军,我们知道,已进入解放区。

走了八十五里地,我们到了平山县的祁家庄。

人民新生活的姿态

一走进平山县祁家庄,就有一种新鲜的印象。我仔细地想,这新鲜的印象是怎么形成的呢?

我们一进村,我的马便被村口的一个儿童拉住了,他虽然顶多也不过十一岁,可是老练得很,抓住缰绳,问我:

"同志,路条呢?"

我们把证件递给他看,他并不看,旋即交给他旁边的另一个孩子,那小孩飞也似的进村找人看去了。一会儿回来,把证件交给我们,说:

"对不起,同志,耽误你们走路了。"

他还用小手放在额角上向我们全体敬了一个礼。走进村里,人们都很忙碌的样子,但精神很饱满,脸上很红润,而街道也出奇清洁,绝对使人们不相信这是在敌后战争环境下的一个村庄。当然墙壁上有着大字的抗战标语,有几家房子已给敌人烧塌了,这是唯一可看到的战争痕迹。一个中年农民从前面走来,见了我们,说:

"同志们,辛苦了,歇歇吧。"他过来牵了我们的三匹牲口去蹓,一边说:"你们在村里歇会儿吧。"

他拉着马在街上给我们蹓了起来。这时,从侧面又走过来一个青年农民,他问我们喝水不,这是我们所迫切需要的,他领我们到村公所去,顿时提出两壶开水来给我们喝。

当村长知道我们今天不走了,要住下,他派了一个人出去,两袋烟的工夫,那个人回来说是房子找好了。他领我们去,在附近几家,给我们找了六间很清洁的房子,连喂牲口的地方也有了,就在院子里有个牲口圈。

一会儿,米、菜、油、盐……按照我们人数的需要都送来了。我们简直像回到自己家里一样的舒适,村里的人如同就是我们兄弟姊妹一样地对待我们,仿佛早就知道我们要来,一切都事先布置好的。其实不然,因为村里经常有军队过往,村公所交际委员,料理一切,这样就减少了军人路上的麻烦。

领队的说明天在这个村休息一天,饭也还没做好,我们行军以来,在封锁线上很少脱衣服睡,更何况又是许多人挤在一条炕上,每个人毫无例外地都生了虱子。这时洗了澡都换下衣服,自己再洗,洗完了,用开水一烫,有的就在锅上一蒸,把虱子肃清了,身上也感到无限的轻快和舒适。

吃过饭,天已黑尽,大家都躺到炕上,脱掉衣服,准备舒舒服服睡一觉了——我们有好几天没有舒服睡觉了。

我刚躺到炕上,就听见墙上有规律地起落着许多人的脚步声,一会儿正步走,一会儿又在跑步,然后就听见雄壮的喊声:

"一——二——三——四——"

这喊声使我很奇怪,天已黑尽,谁在村里喊呢?越想越想不通,从炕上爬起来，披上衣服，好奇地走出去。

原来是村里的自卫队员，白天里生产，晚上睡觉以前，就操练一个多小时，几十个人在打谷场上，有规律地齐整地操练着。

解放区有三件大事：第一是战争，第二是生产，第三是教育。所有的人都卷入这个浪潮里去了。

我回来的路上，碰见一个自卫队员，手里拿着雪亮的大刀到村口站岗去了——白天是儿童团，晚上是自卫队放哨。

躺到炕上，一觉醒来，村子里充满了一片锣声，一会儿，村里儿童组织的"督促早起队"来了，他催促我们房东快点起来，下地干活。刚才打锣，就是叫村里人们起床的，如果还不起来，儿童就来督促了。我也连忙穿起衣服，走到门外去看：家家户户的门里走出青年、壮年、老年的人来，肩上捎着锄头，一个个集拢来，渐渐成了一队，向村外走去。

这是村里祁才荣所领导的变工互助的集体的大开荒队，一共四十二个人，他们已开了生荒三百多亩，共用了七百三十一个工，并且全部播了种。全村四百九十多亩熟地，全部耕完，二百五十多亩谷子，和山药蛋也播了种。

不仅在田里劳动上，他们组织了起来，即连牲畜也组织起来。全村八百多只羊和五十多头牛和二十几头骡子都组织起来，大家轮流放，供不起饭的人家，由村里生产委员会和村合作社解决，秋天偿付。原来一家有一只羊一头牛要派人去放，现在所有的集中起来，只要四个人就够了，可以节省出很多的劳动力。

村里青壮年的男子都下地去了。我回到家里，看见房东家里的妇女，她们忙过早饭，现在已坐在纺车旁边，在纺线了。现在全村已经买了三十多部纺车，还不够，合作社和集市上的纺车供应不过来，只好慢慢补上。有许多妇女不会纺的，就跟会的学。此外妇女还把空余的时间挤出来,养猪养鸡。每个妇女也和男子们一样,都做了个人的生产计划——除了养猪养鸡以外,还要做鞋子卖,给机关部队磨面(机关部队送麦子来磨面,不单麸子给磨的人,另外还要分红,利钱很大),种树,参加农业劳动(平均每人每月大概参加六天的样子)。……全村计划种桃树、杏树各三千株,胡桃树一千株,孵三百只小鸡,养五十口猪,现在已买了二十九口了。

我发现这村子里没有一个不生产的人。

如果是因为生活困难,不能生产,怎么办呢?

村合作社发放贷粮,全村人们动员了五石六斗贷粮。在附近的××支队政治部也买了四石粮食送来贷给贫苦人家。这样,生活问题解决了,就能参加劳动;生产了以后,生活问题自然解决,而且改善了。全村最穷的董荣和家,借了贷粮,参加开荒队,把自己七亩地种上了,生活也有了保障。

生活改善之后,人们自然就会注意到卫生工作。大人小孩都穿上新衣服,旧衣服也常洗了,吃饭碗筷都洗得干干净净,小孩子也每天洗脸了,厕所、猪圈都收拾得很干净,墙上都用白灰粉刷了。村里人自动地每三天打扫一次,并且村里有个卫生检查委员,三天检查一次清洁,所以村里的街道那样干净啊。

中午,开荒队从地里回来,各人回去吃饭,约莫不到一小时,村里响起了锣声,人们三三两两地向村里的小庙前走去,在一棵大核桃树下聚集了三十多个人。我也走了过去,人群当中一个人站了起来,他是村里的小学教员,手里拿着一张《晋察冀日报》,在给他们读报。报上正好登了一条新闻,说是"平山祁家庄的人民组织起来了"。教员就把这一段消息读给他们听,顿时人群里便浮出愉快的笑声。

"咱们的事也上了报了。"

"可要好好干，全边区都知道咱们了。"

"咱们要组织得更好，和牛各庄比赛。"

从来和农民不发生关系的报纸，现在他们的生活却成了报纸上的重要新闻，这是翻天覆地的一个大变动啊。人民和报纸有了血肉关系，他们从报纸上得到许多农业上的知识，全边区生产经验的交流，人民的成长……读报已开始成为他们日常生活之一了，有的人，很忙的时候，也不忘记去听读报，不听听报上的事，仿佛生活中缺少一点什么似的，不能好好安心去休息。

读完报，他们回家去歇晌，然后又下地里从事劳动了，当太阳偏西，他们结队回来，从远远的田地里，唱着歌，愉快地欢呼着，捐着锄头，慢慢走回来。羊儿、牛儿……也从山上地里回来，把村里一条正街塞得满满的了。每一只羊、每一头牛，都很熟悉自己主人的住处，走到自家门口，便自动地进去了。

晚上，按照各人的编制，青抗先、自卫队、妇女队……都到自己的队伍集合处，又开始操练了。

多么活泼愉快的战时生活啊！

这是我有生以来，第一次看到人民新生活的姿态！不仅是我一个人吧，我们同行的人都这样感觉。黄君看得在人群面前竟然发愣了，他忘记回去睡觉，我们明天还得赶路哩。

三天之后的夜晚，我们到了晋察冀军区政治部。

聂荣臻将军

到晋察冀军区政治部的第二天早晨，我去和家庄访晋察冀军区司令员聂荣臻将军。

政治部在稻园村,离司令部五里地,骑上马,一会儿便到了。

聂荣臻将军是一个知识分子出身的军人,是一位儒将,一八九九年他出生于四川江津的小地主家里。过二十岁那年,在四川一个旧制中学毕业时,恰逢着五·四运动,像一阵狂飙似的,席卷了中国的大陆,新思想从黄河流域到长江,一直流到天府之国的四川。年青的聂荣臻,挺身而出,迎接了新思潮,参加了这一划时代的运动,并且组织川中学生,研究新思想,献身于爱国运动。受了新思潮洗礼的聂荣臻,抱着当时自由主义的实业救国的思想,一九一九年,他参加了留法勤工俭学运动。冬天到了法国,半工半读,开初是进入一个树胶工厂,后来进入法国最大的史乃德军火工厂和托曼松电气工厂做工。当一九二〇年,在比利时劳动大学读书的时候,他完成了他的志愿!他决心学习化学,求得实用的科学知识来挽救这腐朽的中国。

固然他在中学时代,受了《新青年》杂志所介绍的社会主义思潮的影响很深,把他从严复译的赫胥黎的《天演论》所受的思想影响,向前推进了一步,可是实业救国的思想还是吸引着他。

但等到留法同学开始组织社会主义青年团的时候,他实业救国的思想转到实际的政治军事斗争方面来了,特别是对军事上战略战术的研究,吸引了他更多的注意。

当德国在一九二三年,革命运动高涨的时候,二十四岁的聂荣臻到了柏林,和德国革命党人手挽着手,在人民当中,高唱着《国际歌》,在柏林的街道上前进。他从这一个运动当中,吸收了许多斗争的经验。

一九二四年,他被旅欧区党的委员会派到莫斯科学习。他从巴黎到了莫斯科,进了东方大学和党的军事学校,这更使他对军事方面有了进一步的深造。

他在一九二五年夏季回到中国,担任广东黄埔军官学校政治部秘书和政治教官。一九二六年三月二十日事变,他被拘留在中山舰,脱险之后,担任中共广东省军委工作。之后,就参加北伐军,直到武汉。马日事变之后,被派到九江组织前敌军委,以十一军党代表的资格参加领导著名的南昌起义,后来又领导广州起义,直到他在一九三一年中央军委调进江西,他始终没离开过武装斗争工作。

抗战以后,红军改编为第十八集团军,他是一一五师的副师长兼政治委员。三七年秋天,他到了五台山。这时候,敌人陷平津,下南口,占归绥,进大同,大军蜂拥而到,在叩雁门关了。林彪和聂荣臻将军一起,率领一一五师战士,进入雁门关以西阵地,敌人所向无敌的最精锐的板垣师团,遭受到严重的一击,这就是举世闻名的平型关战斗。

八路军总部和一一五师主力,奉命驰援太原、娘子关一带的危急形势,聂荣臻将军被任命留守五台,深入晋察冀内外长城线之间的广大敌后地区,广泛开展游击战争,建立抗日根据地。虽然他手下只留有一个兵员不满额的两个连以及一个骑兵营,在他领导之下,终于开辟了抗日根据地,解放了无数的村镇和县城。

十一月七日,晋察冀军区成立了,他是司令员。

当我走进司令部时,他在会客室里接见了我。

他穿着一身草绿色的军服、马裤,脚上穿着一双草绿色的布底圆口鞋,扣着风纪扣,左胸袋的上端挂着第十八集团军的圆徽章,给人一种整洁朴素的感觉。他的两眼炯炯有神,特别是注视事物的时候,更显出那股锐利而又严谨的光芒,在两个高耸的颧骨之间,是一条隆起的有点突出的鼻子,嘴很宽阔,脸却消瘦。他给我最初的印象是一个谨严、寡言笑、没有感情的人,甚至使人觉得很不容易接近他。因为他老是那样冷冷的,嘴像是永远闭着,即使给你讲两句话,旋即就又闭拢了,在凝神地审视着你。他讲话,处理事情,仿佛都早就有了准备,老是那样的按部就班,显得安详而又舒徐,即使在战争最激烈的时候,即使突然发生什么重大意外事件的时候,他脸上也不会显出一丝的紧张和忙乱的痕迹。在他那里,什么事都像有一定的位置,一定的步骤,一定的处理方法,使你信任他。

这个最初的印象,大体上虽然可以说是差不多,但不一定是完全对的。

在以后和他相处的时日里,从我所见到的、所听到的、所知道的,有些印象是要加以修正的。

首先他是一个热情的人,不过不轻易表现在外表上,在他严肃的外表里却满蕴着浓厚的感情。他的眼光里充满了慈爱和情感。他对军区每一个指战员有深厚的情感,关心他们的生活和工作,关心他们的每一件事,就像是父亲关怀他的亲生子女一样。战士们常给家属说:"我们聂司令员他忙得很,……可常给我们说话,教我们的事情可多哩。"而聂司令员自己也说:"离开了他们(指战士),我就感到不安和孤寂。"当他接到诺尔曼·白求恩的遗书时,他更是掩盖不了他那燃烧着的感情:他看完了头两行,眼泪就忍不住流下来了。这时他正在唐县南关的纪念军区成立二周年的大会场上,他顿时离开主席台,一个人走到远远的树下,低垂着头,用手帕掩着脸,嘤嘤地哭泣了。

他对人民更是充满了热爱。当一九三九年整个军区遭逢那数十年来罕有的大水灾时,他焦心积虑地设法把人民从水灾的窘困里挽救出来,他还发表了谈话:"……政府应拨款切实救济,调济食粮,种籽,挽救夏耕,尽力进行河防工作,全体同胞要高度发扬民族友爱互助的优良传统,同甘苦,共患难,共存亡!……"

全边区于是掀起救灾的浪潮,人民在政府和军队的帮助之下,渡过了严重的春荒。

如果从他参加革命二十多年的历程上看,他对人民大众的事业更是有着无比的忠诚和热爱,一种炽热的感情,贯穿在他整个的战斗生活里。

寡言笑,也不确实,应该说是不苟言笑。他的一举一动都有分寸,一言一笑,也有分寸。当他指挥大军消灭敌人的时候,他的脸上常常露出笑容,甚至于放声大笑。三八年冬季,他指挥部队向敌人围攻,当他从电话里知道各路敌人击溃,五台敌人亦有撤退模样,他就下令:"五台这股敌人,一夜行程深入到高洪口,一定要打掉它!叫窑头的部队今天黄昏前,赶到河口设伏,等敌人退回去的时候,坚决消灭它!"

第二天正午,他和大家正在院子里吃干饭,捷报来了:

"河口战斗,我军跑步赶到指定地点,设伏完毕,敌已退至,我将敌全数歼灭,缴获甚多。"

他马上放下筷子,仰面放声大笑了。

然而他并不是满足于自己的胜利而笑,更不是因胜利而忘记战斗任务,全边区把敌人打退以后,各地涌起了祝贺的欢呼,千万个声音向着聂荣臻将军高呼。他通过欢迎的行列进入解放了的阜平城,在一个晚会上,他说:

"敌人吃了一次亏,总要来报复一下的。敌人是很讲面子的,丢一次脸,它是要老羞成怒的!"

说完话,他恣情地笑了,不过一会儿又恢复那谨严的表情,准备下一步工作了。

他不但不是寡言笑,而且是很有风趣、谈吐很幽默的人。晋察冀是敌人的心腹之患,桑木师团长在东京的师团长会议上就说:

"不肃清山地'匪军',要想明朗华北,是很困难的。"

但是一些少不更事的年青法西斯军人，却梦想肃清山地。敌酋田中部队长，田中部队长，探知军区后方勤务和抗日大学设在灵寿县陈庄镇一带，他率领了精锐部队千余，企图"参观"红军大学——指抗日大学而言，并且写了一封信给聂荣臻。这书信迟到了，敌人在陈庄南山一带找到了自己的坟墓，八百多敌人无言地倒在山下了，仓皇逃跑的敌人，连尸首也来不及带走，只割下了八百多只左手，企图带走，烧成骨灰，带回国去，做所谓"无言的凯旋"。后来狼狈地只顾逃命，连八百多只左手也没带回去。

战后，聂司令到了陈庄。这时他才得到田中部队长写给他的那封信，他看完了那封"亲启"信，便咯咯笑了。原来是田中部队长邀约他在陈庄会师，是封要他"和平合作"的"招降书"。他旋即敛去笑容，对四周的人说：

"可惜得很，我现在到陈庄，已经看不见田中部队的官兵了。我只看见他们躺在战场上的累累的尸骨，凭吊一番而已！"

他虽然笑，也是很矜持的；虽然幽默，也是很庄严的。你在他面前，永远感觉他是一个长者，和他在一块儿，仿佛天下什么了不起的大事，都不值得惊奇，可以应付得绰绰有余，办得有条有理，一切事情的发展似乎都在他的意料之中。难怪在他部下的指战员，既敬畏他，也信任他，更是爱他。曾经在他指挥下战斗了十多年的老指挥员，甚而至于是很调皮的，但是聂司令员一说话，或者是他的命令一来，那就谁也没有话说，剩下来的只是：

"行动！"

因为无数次的战斗经验证明聂的意见和指挥是英明而又正确的。

甚至在最危险的时候，大家只要看见有聂司令员在，即连最胆小的人也会放心的。因为即使在战斗最险恶的时候，司令部距离敌人只有几里地,他还是很安详的,不动声色,从他表情上看,你甚至会以为附近没有敌人似的。他就有这样过人的胆量。自然,单有过人的胆量是不够的,他还有过人的智慧。记得一九三九年冬天,我跟随着他参加反扫荡战役——当军区司令部通过了唐河,进入到南北清醒村一带时,敌人永远跟我们保持二十里左右的距离,我们前进,敌人前进,我们休息宿营,敌人休息宿营;到后来,敌人只离我们十里地左右,因为摸不清我们的实力,不敢贸然下手。而我们的行动,无形之中被敌人监视住了。这时聂荣臻将军很安定地在地图前审视路线,最后他命令一部分武装部队浩浩荡荡公开宣称从大路到刘家台,其余的部队也向刘家台方向走去,可是走到半路上就封锁住消息,所有的部队都在途中往白沙村转,折入一条狭小的山谷。这是一条绝路,如果敌人在两头一封锁,那所有的生命都死在敌人手中了。敌人绝想不到聂的司令部会走入这条山谷的。跟随我们后面的敌人部队,果然给我们武装部队引到刘家台去了。敌人到了刘家台,很惊奇为什么到了刘家台,八路军就没有了呢?八路军就在他后面,而且袭击上来了。

过人的胆量,加上过人的智慧,等于胜利。

这样,跟着聂司令员打仗,谁还会有一点点不信任他吗?

他不仅仅是个英明的军人,而且是一个出色的文人,虽然他并不曾写文章,但如果他动笔写文章,字里行间,便充满了一种艺术的深厚的力量,使读者读了以后,永远不易忘记,从影响了你的思想起,一直会贯穿到你的行动中去。他自己房子里有一个活动的白木书柜,里面有条理地放着他精读的书。他对马列主义理论与实践的研究,有独到的地方。对一般艺术作品,他也有浓厚的爱好。他不但自己这样,而且把艺术工作放在军队政治工作中的一个重要位置上,他说:

"文化生活是一个革命军队所不可缺少的,它不是军队的装饰品,而是活的力量。军队需要有战斗力量,就一定需要文化。"

同样地,他对广大人民的文化,也赋予极大的注意,他说:

"现在,根据地建设更进一步需要我们解决广大人民的文化食粮问题。我们的人要吃饭,这是首先要解决的;枪炮要有弹药去喂它,这是第二件要解决的大事!现在进一步要讲到人的脑子,要用大量的文化食粮去喂养它。"

他指出并且强调,艺术最紧密地服从于一定的政治斗争目标,把艺术作为政治工作的武器,他这样以为,也这样在广阔的解放区里展开了人民的文化运动。这是我过去所不曾见过的,文化是从劳动者群众中产生的,但是现在文化和劳动者群众是多么遥远啊。在新的地区,文化又回到劳动者的手中了。

他是个军人,也是个文人,又是军区的家长。

如果说军区是个大家庭,那他便是这个家庭的家长,他如家长爱护每一个子女,每一个指战员又如子女一样地尊敬他们的家长。

在孩子面前,他就显得年青了。他一和孩子接近,他的脸上就不断地浮上笑容,天真地和孩子在一块儿玩笑。甚至是敌人的孩子,他也一样地爱护。记得在百团大战时,部队在井陉煤矿俘获了两个日本女孩,母亲在炮火下死了,父亲受伤,医治无效,也死了。两个女孩送到前方司令部来,他亲自拿糖给女孩子吃,说:

"小娃娃,不要怕,吃这个糖,甜得很。"

女孩子在父亲般的慈爱中接受了糖,像回到家里似的,一点也不怕。第二天聂司令员写了封信,派人把两个日本孩子送到敌人的据点里去了。这件小事,曾深深打动了敌伪的良心。他说:

"敌人虽然残忍地杀害了我们无数同胞和儿童,但我们决不能伤

害这些无辜的孩子和日本人民！"

他对敌友的界限是何等分明。他对人民的爱是如何的强烈啊！

晋察冀在他的抚育下，一天天成长起来，解放了辽阔的土地，改善了人民生活，建立了人民的政权和人民的军队，带着徒手的人民去打扫战场，缴获敌人的武器，来武装自己。自己又建立了大规模的兵工厂，修理武器，制造武器。我曾经看到军区兵工厂制造的步枪，战士们都喜欢使用。因为这自己造的步枪，那火力，那射程，竟然等于捷克的。

美国大使馆武官参赞卡尔逊参观了边区之后，他说：

"我实在觉得惊奇，在四面被包围的敌人后方，能够办这么多的事情,我从未见过……第一次欧战,我在德军后方……啊,那是决不能与你们相比的。"的确,谁能够走到边区,而不惊奇呢!他在这地区,虽然被广大人民所爱戴,被广大的战士所拥护,但是敌人是很恨他的。从敌人每一次扫荡时所散发的传单上,就可以看出敌人是怎样痛恨他啊。传单上说:

"聂荣臻业已阵亡!"

"聂荣臻病重垂危!"

"聂荣臻,只身逃亡延安。"

他看到这些传单笑了:

"可惜我没有飞机,敌人也会知道,我还是靠着两条腿走路呀!告诉敌人,我始终和他保持着最亲密的接触。"

敌人也知道他们经常在被聂司令员所指挥的部队打击着。

越被敌人痛恨的人,就越被人民所爱戴。

聂荣臻将军和他手创起来的晋察冀解放区,成为抗战中华北的一个坚强堡垒,解放了华北一千二百万人民。他把祖国的旗帜一直插到北平近郊,伪满的边境……日本无条件投降后,这个坚强堡垒成为解救华北人民的前进基地。聂荣臻将军指挥着燕赵健儿,在广阔的战线上,向敌占区反攻,解放了张家口,解放了平山,解放了天津西北六十里的杨村车站……大军向敌人的心脏地区挺进……

聂荣臻是晋察冀人民的太阳,他的光芒照耀着解放区。

我在会客室里和聂司令员纵谈了将近一小时,最后他很关心地问我后方的文化情形,我很惭愧我们做文化工作的人,面对着这样一位根据地的创造者,我们在文化岗位上的努力情形,有什么值得一提的呢?

隔壁屋子他还有客人,我便辞了出来,准备回到政治部去。

装备落后的八路军

怎样战胜精锐的敌军？

　　回到军区政治部不到一个星期，敌人对晋察冀的秋季"扫荡"开始了。敌后较大的扫荡有这样一条规律：总是在夏季麦子黄时，和秋季庄稼快收割时。这样，一方面敌人实行掠夺计划，解决敌区的粮食恐慌，一方面同时也增加了解放区的粮食恐慌。军事斗争不是为了完成政治斗争的任务，就是为了完成经济斗争的任务。

　　往年敌人的"扫荡"常常是先"扫荡"一个解放区，然后把"扫荡"这一个解放区的经验运用到其他解放区去。这次却不同了，敌人向华北华中各个解放区同时进行，而这次动员的兵力又较往常大，单是对晋察冀北岳区就动员了四万余兵力，二六，六三，和一一〇等三个师团大部主力，独立混成旅团，与六十二师团的主力和三十余县的保安队。此外，敌寇还动员了一切的汉奸伪组织，如"剿共委员会"，如"伪合作社"，集体拟订了掠夺计划，企图一鼓而摧毁解放区的经济和军事力量。

　　敌人的"扫荡"和军区的反"扫荡"，是军事、政治、经济、文化的总力战，是敌我实力的总考验。

　　在反"扫荡"开始时，我随着军区司令部行动，不久，由于军区的主力是在第一军分区，而第一军分区的主力部队是一、三两团，我于是到了三团的团部。三团是随着军区司令部一同行动的，我有机会经常和军区保持联系；这样，我比较容易了解整个反"扫荡"的过程。

　　军区部队的装备我是知道的。炮很少，大半是缴获敌人的，经常用的是迫击炮；主要的武器是轻重机枪和步枪，而这些又是非常不一致的，从国籍来说，有捷克式，有日本三八式……从国内出品来说，有汉阳造，有太原造，有中正式，有土枪……子弹也是不充裕的。从军事装备上看八路军，的确是很落后的。但如果从指战员的质量上来说，不仅在全国是第一流的，就是对敌寇来说，也是比较优越的，特别是在政治质量这一方面，更是不可以相比的。

然而战争胜败的决定因素，绝不仅止于此。当开始跟随八路军向这样顽强的敌人进行反"扫荡"的时候，在我的脑际浮起了一个问题。

装备落后的八路军怎样战胜精锐的敌军呢？

老实说，开初，我对反"扫荡"的信心不是很高。经过整整三个月的反"扫荡"，事实给我一个完满的答复。这三个月的反"扫荡"，大致可以分作三个阶段。第一个阶段，是敌人分进合击，进军解放区中心地区，然后大量分散兵力，进行所谓有重点的反复"清剿"，搜索破坏。军区部队则针对敌人的分散"清剿"，实行集中兵力予以打击，敌人因此不得不集中兵力来对付，这就粉碎了敌人初步的计划。第二阶段，敌人着重抢掠滹沱河两岸的产稻区；军区部队就变稻场为战场，分散兵力，配合民兵，积极打击敌人，夺回被抢的稻子；同时，广泛发动群众抢收，于是敌人的计划归于乌有。第三阶段是，敌人以主力奔袭合击军区部队机关学校，只有极少数的机关，因为警惕性不够强，而遭到部分损失，其余进犯的敌人都遭受到八路军严重的回击，把敌寇打出解放区，胜利地结束了三个月的反"扫荡"战役。

反"扫荡"的胜利，是军事斗争和各方面斗争密切结合的成果。

首先是军事斗争与人民的结合。

敌后的八路军之所以能够战无不胜，攻无不克，主要是因为这支军队是人民的军队，它是为人民的，故人民也不惜一切来拥护军队。

在解放区的人民,从小孩到老头都组织起来。反"扫荡"一开始,人民第一件工作,便是坚壁清野,把所有能搬走的东西,像衣服、粮食、家具、日用品……都藏到村里村外、山上山下的暗窑里、地洞里。解放区的人民,即在平时,也早就有了暗窑、地洞的准备,有的地方只留下一些必要的东西在家里,一有情况,就赶着牲畜,带着一切东西上山了,留给敌人的是空无一物的四堵墙壁。这还不算,敌人三光政策(即杀光、烧光、抢光)实行之下,人民又有了一种经验,把能拆下的窗户、木门都拆下,另外用土块把窗户和大门都堵死,这样,敌人既进不了屋,也不易烧房子了。

敌人所到的地方,处处感觉困难,没有群众,没有粮食,没有用具,他想找一口锅做饭也不容易;最糟糕的是失去了耳目,地方上没有群众,敌人从哪里了解八路军的行踪呢?而八路军到一地方,那地方民兵哨见到,不一会儿,什么都有了。我曾经有这样的经验,一次我随着第五军区司令员邓华将军在反"扫荡"中,走进阜平县董家村,村里阒(qù)无一人,连一张炕席一口锅也找不到,粮食更不必说了,而司令部带的粮食恰巧吃光了。我心里想,坚壁清野对敌人固然好,但是不要使自己队伍也没有饭吃了。但不到半小时,山下的人听说八路军在此宿营,陆续回来了,一小时之后,整个司令部人员都吃着喷香的小米饭了,在各个山顶瞭望的民兵的哨,这时一一向我们报告敌人的行踪。

此外,在反"扫荡"中,人民还帮助军队送饭、带路、运输、抬伤员、送茶……必要时,就掩护伤员和掉队的个别战斗员。这次反"扫荡",黄峪村老乡掩护了一个八路军的病员——是发疟疾的。敌人从军区中心地区撤退,路过此处,两个治安军要把病员带走去领路,老乡不肯,被伪军打得死去活来,结果把病员抢走了。他醒来后,连忙把躲藏的自己的大儿子叫回来,追上伪军,央求敌人,换回了八路军病员,说他这个儿子地头熟，好带路。实际上他儿子在半路上瞅敌人不注意时，就逃回来了。人民这样爱戴自己的军队，请问：敌人有什么办法不败呢？

其次是八路军主力和民兵的结合。

在晋察冀解放区，民兵的组织是普遍到每一个山沟村庄。男自卫队，女自卫队，是每一个村庄都有的群众武装组织，它的核心是基干自卫队，而基干自卫队的核心是游击小组。在这一次反"扫荡"战役中，单是民兵和敌人就进行了二千一百九十二次战斗，爆炸了四千四百四十八个地雷，这些战斗都间接、直接配合了主力作战，阻碍和粉碎了敌人的作战计划。民兵，顾名思义是群众性的，敌人进入解放区，除遭遇到八路军的主力打击外，还到处遭遇到各地民兵的打击。如九月十四日，行唐县以北苇园和联庄两处的五百多敌人，想合击刘家庄、马化村、卢家庄等七个村庄的民兵。在二区民兵大队部指挥下，他们在连接的二十多里的山头上，用土枪、地雷、手榴弹，把进庄的五百多敌人堵击住了，就是这样拙劣的武器，就是这样没上过陆军学校训练的农民，和敌人打了一天，这一天，敌人只走了十二里路，合击的计划粉碎了。八路军的主力因此就非常有利地来打击进犯的敌人。

不妨再举另一个例子。九月二十日，敌人经过孟平县二区何家洼时，民兵中队长何玉林，带了二十一个民兵，依据有利的地形设伏。黄昏时分，敌人进入了伏击圈，民兵先以猛烈的手榴弹投向敌人，旋即扔出飞雷九个，继之又扔出大石头打击敌人，用了这样简单的武器，一共打死了三十八个敌人，打伤九个敌人，还夺得大量胜利品，民兵却没有一个伤亡。

民兵在反"扫荡"中，破坏敌人的交通线，是主要的任务之一。在敌人所到之处，凡是能通汽车的一切公路，那附近的民兵就有组织地分批去破坏，同时埋地雷使得敌人汽车不通。运输线割断，或者能通，但到处都仿佛有地雷，又仿佛没有地雷，这得有工兵在前面探路，有时要起雷，有时要修路，使得汽车一天行进的速度慢到这样一个可怕的程度：只走二三十里地，还没有人走的快。

敌人的通讯联络也不断遭受到民兵的破坏，敌人在解放区临时建立起来的通讯网，到处受到破坏。阜平的一个民兵，把敌人的电线割回来了；更厉害的是西庄一个民兵，他割电线割到敌人电话室的窗外，还不甘心，公然伸手进去夺取敌人的电话机。这样出其不意的动作，处处都发生。电线割断，敌人要派人出来修，修的人遭到民兵的伏击，很少能够回去，于是连修的人也不敢出来了。

最使敌人头痛的，是地雷。爆炸运动在晋察冀是普遍展开了。地雷多到这样一个程度：即连八路军，没有当地民兵带路，也不敢随便走一步。开初，大路上有地雷，敌人走小路；小路上有，敌人走山边；山边也有，于是走庄稼地，那儿也有；陆地既然都有，敌人异想天开，从河里走（从王快镇到阜平县城有一条沙河），行军一天，还走不了二十里。以后就又不行了，河里有水雷，进村也是很麻烦的事，村口不敢走，只有走岔道；晚上宿营也不敢从正门进去，怕中地雷；从墙根打一个洞，像狗一样地一个个钻进去，炕倒是很舒服，可是不敢睡上去，怕有雷，只好用绳子拴到屋梁上，做一个吊床来睡。

就是这样小心，敌人还得到处被地雷炸，单是一个民兵李勇（现在他已是晋察冀的爆炸英雄了），在反"扫荡"三个月中，就爆炸了六十九个地雷，毙伤敌伪三百六十四名，毁伤敌人汽车三辆，其他的就可想而知了。

有的村庄，在村周围布满地雷阵，敌人每次经过那儿，始终不敢进去，如唐县的三道岗村便是。

敌人对地雷表现了极大的恐慌。在缴获的独立旅团第六大队代理队长菊地重雄的日记中,就这样写道:"地雷效力很大,当遭遇爆炸时,多数都要骨折,大量流血,大半要被炸死。地雷战使我将兵精神上受威胁,使官兵成为残废;尤其要搬运伤兵担架,如果有五个受伤的,那么就有十个士兵要失掉战斗力。"

从这一段日记里,我们可以清清楚楚看到民兵和地雷在反"扫荡"中的作用和给敌人的威胁。

第三是外线斗争和内线斗争的结合。

当敌人四万大军进入解放区"扫荡"时,敌区便留下一个很大的空隙。军区部队除了保持一定数量的兵力在解放区腹地与敌战斗外,便分派在解放区边缘的部队,深入到敌后,对敌人占据的点线勇猛反攻,牵制了敌人的主力,使得敌人不能够完全集中兵力"扫荡"解放区中心的地区,同时,也就是配合了内线的八路军展开反"扫荡"战。在三个月当中,外线活动的部队创造了辉煌的战果。这些外线部队,曾先后夺取了袭击了许多城镇乡村的据点,如十月六日,一小部队一举夺下涞源紫荆关以南的陈驿据点,消灭了十五名守敌;十月一日,又攻入望都南关;十六日到十八日攻入保定北关、西关与南关;十八日雁北部队袭入浑源;在孟县的外线部队,在侯党一战,毙俘敌伪三十多名,缴获轻重机枪三挺……至于进攻堡垒,炸毁桥梁火车,更是经常有的事。

外线部队除了集中兵力攻击预定目标以外,还经常采取突袭的动作,也同样取得了很大的胜利。如牛山战斗便是一个光辉的范例:

牛山逢集的日子,聚焦、马山、中山三个堡垒的伪军,有二十多个人要到集上抢掠些人民的财物,由牛山伪小队长带着十几个人在集上镇压,伪班长带十几个人到村公所去监督要老百姓做饭,当然是鸡肉大米，不在话下。米饭将熟之时，伪军在里面兴高采烈，说："这集上八路军不敢来，我来保护你们。"正在他们吹牛皮的时候，八路军外线部队的一小部分人已在房顶上埋伏好了，立时房上的八路军接着说道："喂，我们来了，缴枪吧！"屋内的伪军简直是魂飞天外，八路军如神兵一般，从天而降。但伪军还想抵抗，门外八路军的奋勇队已冲进了院子，向屋子里投掷手榴弹，而在房屋上的八路军把房顶打开，从上面扔下手榴弹来。伪军这时只好乞怜叫道："不要打了，我们缴枪，留我们一条命吧！"一会儿工夫，八路军带着十二个俘虏，缴获了十二支步枪、六百多发子弹。这种神话似的奇迹，在敌区、游击区到处皆是。

第四是军事斗争与政治攻势的结合。

解放区的政治攻势不是在反"扫荡"时才有，配合着一定的政治任务，常常有的，不过在反"扫荡"时更为加强罢了。在三个月中，断断续续，沟里沟外普遍开展了两次以上的大规模的武装宣传。这种武装宣传组织，人数不多，一二十人、二三十人不等，大半是轻装，战斗力很强，即使是演员、宣传员身上也是带着武器的。有些地区，演员都是化好了装再去的，到了就演戏，散传单，开大会，完了就走。动作既迅速而且机警，甚至跑到堡垒附近和据点里面去开会，敌人也无可奈何。××部队的宣传小组，越过敌人两道封锁沟墙，进入了敌人所谓的"治安确保区"，召集十一个村庄开群众大会。一个七十多岁的老头，听说八路军来开会，连忙爬起来，赶到会场，流着泪说："我要看看咱们的八路军，我老头死了也甘心。"村里人都围着听八路军讲解放区和国内外大事。听的人都入了神，舍不得让宣传小组走。

武装宣传组携带的照片，就在附近村里展出，被敌人蒙在鼓里的群众，遂见到解放区的真情实况了。

八路军的传单标语，通过武装小组，贴在堡垒上、车站上、铁路上，甚至于贴在伪县政府大门口。××县城里发现了宣传品，伪警察所到各处检查行人，派人在衙门口站班值夜的县长王景岳，听到手榴弹响，同时又发现宣传品，吓得他连夜上城守了一夜，在城里则一夜连续清查了几次户口。

在××，宣传品贴到火车上，火车开了好几个地方才发觉，日本宪兵和车警长把火车停下，大肆搜查，以为车上有八路了，这样闹得敌伪非常恐慌，一直传到伪华北新民会上去，在宣传会议上敌伪都认为这是一件大事。

政治攻势普遍展开，敌伪军和伪组织人员都动摇了。有的逃跑，有的反正，有的自杀，甚至有的把炮楼烧掉走了。在敌伪压榨下的村庄因此得以解放，人民起来反抗敌伪的勒索和奴役。在这样的攻势之下，大大影响了进入解放区的敌伪军，使解放区中心地区的八路军更加有力地粉碎敌人的"扫荡"计划。

第五是八路军本身的战斗力量。

纵然是四万装备优良的敌人，但是一进入解放区，就腹背受敌，处处遭遇到困难。行动固然要受到交通的阻碍和民兵的伏击，宿营时也要碰到地雷和民兵的袭扰，粮食用品都不易找到，逼得敌人每次"扫荡"不得不带一长列的牲口和民夫，来运输给养和弹药，这个运输队像一个瘤似的生长在号称精锐的队伍上，大大妨碍了军事行动。最糟糕的是，敌人所到之处没有一个群众，像一个既聋又瞎的人在解放区里走路，八路军一行动，敌人是很难了解情况的。这些不利条件，反过来都是八路军的有利条件，在群众的海洋里，八路军自然就更生龙活虎了。

敌人是顽强的，但八路军更顽强，从政治质量上说，就是十个敌人也比不上一个八路军。每一个八路军都是有了思想武装、觉悟了的战士，他知道为什么而战，也知道为谁而战。敌人的最小的战斗单位是小队，如果把小队长打死，这一队就丧失了战斗能力。而八路军的最小的战斗单位，是每个战士，打到剩一个连，一个排，一个班，直到最后一个人，都能够进行战斗。并且敌人的优势，只有在一定地域和一定时候才能发生作用，如果敌人分散了兵力，分头出击，八路军集中一定数量的兵力和装备，来进攻分散了的某一路敌人，这就是变敌之优势为劣势，而变我之劣势为优势。而事实上，八路军经常在各种斗争的配合下，以极少的兵力，击溃强大敌人的进攻。

让我们来看看这三个月反"扫荡"的实况。

总结三个月的反"扫荡"，主力部队和敌人进行了大小二千零九十三次战斗，在每次战斗里表现出八路军的英勇和指挥艺术，到处伏击、迎击、侧击、阻击、追击敌人，阻碍了敌伪的行动，粉碎他各个"扫荡"计划，使敌人每一行动都付出很大的代价。这里，我想具体举几个例子，便可以了解敌人和八路军的实际战争力如何了。九月底，敌伪四千余，围攻阜平东北部的神仙山，八路军的守卫部队还不到敌伪的十分之一，只不过四百人，可是支持了十二天之久，这还不算，又毙伤敌伪二百多，打落下一架飞机，缴获了一挺重机枪，最后把围攻的敌人打退了。

另外像十月三日，七百多敌人进攻唐县西北之青灵山，八路军不过一个连的兵力，就对抗了敌人四天之久，并且击毙四十多敌人，敌终于败退了。

再像三百多敌人侵入了曲阳午家寨，八路军以十四挺轻机枪和三百多支步枪的猛烈火力，在且里村南山设伏，当敌人到时，即同时向敌人猛打，敌人队形马上混乱，经过半小时，都无力还击，后来数次冲锋，全被打退。就在这次战斗里，曾经有一班人在一高山上，击退了十倍以上的敌人的冲锋。在且里山下，一百多个敌伪倒下来了，八路军只伤亡了十六人。

政治军事斗争和各个斗争的结合，使八路军成为一支攻无不克战无不胜的劲旅。

以上的事实，回答了我的疑问。我理解到八年来为什么八路军在敌后，不但没被精锐的敌人消灭，反而一天一天强大起来的原因。

邓华片断

一副清瘦白皙的面孔，颧骨很高，而且有些突出，两眼奕奕有神，嘴上微微有这么一抹的稀疏胡髭，身材修长，走起路来斯斯文文，没有什么特别魅力，看上去简直是一个文人，但在火线上却是狮子一样的勇敢、睿智，望见从他那双眼睛里发出具有摧毁一切力量的光芒，指战员就好像有了依靠，得到胜利的保证。文人和武士在他身上得到和谐的统一。

在军区，我想到一位将军。

这就是军分区司令员——邓华同志。

由于他勇猛，和具有一副钢铁样的坚强的性格，平常脸上更少浮起微笑，使人感觉那张面孔有点冰冷、森严，于是不敢接近他。假如你一接近他，却又觉得初次印象不确切，而且得到相反的结论：在那副威严的脸孔下却蕴藏着无限的燃烧着的热情，你越接近他就越会感到一种温暖。别光看他工作时那么严肃、认真、不苟且、不马虎、彻底、坚韧；在篮球场上，和小鬼一起打球，游戏时则又如同小鬼一样的活泼、随便、和蔼；他爱和小鬼逗着玩，也常被小鬼所逗弄。这时又会

使人觉得他不像司令员,并且小鬼在球场上都随随便便喊道:"司令员,给我一个。"

　　游戏时随随便便,到了工作的时候可不含糊,事务人员办事不够踏实,个别的不够勤快和认真,当时就给予严厉的指出和批评,手续不清的事则彻底追究。他虽然是个分区的最高首长,可是他注意和关心到每一件小事和小事上的每个环节。什么事到他手里,好像总有办法,即使敌人已经离司令部很近了,他也是不慌不忙。比如去年反"扫荡",敌人只离司令部十多里了,他还是若无其事,命令非战斗部队向指定的方向移去,他和几个警卫员同作战参谋留在后面,直到最后,才叫警卫员拆了电话,就这么样他们从敌人侧翼插过去。跟着走的人一点也不怕,为什么呢?因为他在后面,那还会有什么问题和意外吗?敌人来到时,只剩下空洞的村落,扑了个空。

但是他要是打击敌人，任敌人怎么狡黠也逃脱不了他的打击。当他领导×纵队向北冀热××时，在沙×安排了一次伏击战，过了预定的时间，敌人还没来；有的人提议走吧，以为敌人不一定从这一路来。他不走，断定敌人一定来，他坐在山头上，坚定不移，终于敌人来了，而且完全被歼在那里。这就是有名的东征的第一个歼灭战。

在这样的场合，使你暗暗敬佩他的深谋远虑。走下战场，回到宿营地，又是一个文人，没事的样子，轻松而又潇洒。假如你也会谈，和他在一块儿，那上下古今就谈个不完。你又想不到，即使在文化知识上他也那样渊博，如一些著名的古文，拿《滕王阁序》来说吧，他也能一字不遗地背诵出来；新文艺作品呢，他也爱读。

平时战时他都和指战员生活在一起。他喜欢下象棋，棋艺相当高。我和他下棋，不是他的对手，常常败下阵来。如果他疏忽，输了一盘，一定要我继续下，直到他赢了一盘为止。×分区是著名的贫困的地区。指战员吃到玉茭时就算很好的粮食，他也吃玉茭。冀热察进军时，由于不断的行动，战士走得连穿的鞋子都没有了，他也赤着脚和战士们在一起走。

邓司令员就是这样一位文雅而冷峻、活泼而严肃、热情而沉着、坚毅而平凡的将军。

人民公敌的暴行

一个不完全的统计

这一次敌寇集中四万兵力，"扫荡"边区，和过去不同，这次叫做"毁灭扫荡"，敌人企图彻底摧毁边区，把整个边区造成一个"无人区"。

然而这只是一种幻想。

经过三个月的猛烈的反"扫荡"斗争,边区一千二百万的军民,终于把敌寇打跑了。

但是在这反"扫荡"的三个月当中,在敌寇"杀光、烧光、抢光"的三光政策之下,边区遭受到野兽所给予的空前未有的灾难。敌寇的罪行,应该公布出来,让全世界的人士都知道,东方法西斯日本海盗,在中国解放区所干的是什么勾当。

不过,我这儿所得到的还只是一些不完全的材料。

在晋察冀边区的北岳区二十一个县份,约有一百万人的地区里,敌人就犯下了这些罪行:

惨杀六千六百七十四人(内负伤者九百七十六人);

烧毁房屋五万四千七百七十九间;

抢掠与烧毁人民粮食二千九百三十四万斤;

抢走耕畜一万九千三百三十七头;

抢走猪羊五万七千八百七十九只;

抢毁农具十七万二千六百二十五件;

抢毁衣被四十八万七千五百三十件。……

显然这统计是不完全的,比如敌人进入解放区到处挖掘人民所坚壁的东西,人民留在家中的一切日用品,这就很难统计了。而人民被杀害的也绝不止六千多,并且敌人的杀害方法据统计当在百种以上,比较常用的是活埋,当靶,吊死,刺杀,灌水、胀死,毒气毒死,铡死,锯死,碾死,喂洋狗,煮死,腰斩,悬崖摔死……以至于肢解,剜心,凿眼,剥皮——这些,有的是在死前就肢解等,有的则在死后还要把心剜出来。

暴行的自供

　　前面所记的，不过是传播开来，或者是暴行之后的遗迹，是很不完全的。一九四四年二月七日，延安日本工农学校召开了一个座谈会，又给我们补充了一些材料。当然，这也还是极少的一部分，因为工农学校的学生有限，出席的人不多，但我们从此可以更进一步看到敌人残暴的面目。我这儿仅把那次座谈关于晋察冀之部分记下来。

　　"一九三八年六月，独立第三混成旅团有一个长谷川中队长，在河北临城捉了两个八路军，把他们背捆起来，帽子拉下，遮起眼睛，送在壕沟面前站着，让我们五个幼年兵，去练习胆量，去刺杀。我们有些害怕，把眼睛闭起，只是刺上了臂膀，他们就倒下壕沟里去了。以后从沟里又把他们拉出，又让别人来刺。最后又由中队长把他们的头割去了。

　　"一九四二年七月，我（月田自称）在太原时，冈村宁次大将，每隔十天，就在太原门外集合六十个俘虏，排成一列，脱去上衣，背绑起来，让幼年兵刺枪，还在痛得呀呀叫的时候，就用石头、土块活埋了，一个月内杀了二百多名。

　　"一九三九年六月，二十七师团小原大队下面宪兵军曹佐藤，在河北任邱，把二十八名八路军放在庙中，周围被带着枪的士兵看守着，让二十四只军犬去咬他们的咽喉、胸膛，人临死挣扎的叫声，军犬的咆哮声，杂在一起，实是惨不忍闻。

　　"一九三九年十二月，混成第八旅团驻在河北省沙河县，佐野中队的伊藤军曹，解剖了一个老百姓，将肝取出，说是能治妇人病的一种药，而偷偷地贩卖。还有一九四一年九月安部中队长、渡边军曹、佐佐木伍长三人为了医治梅毒病，将老百姓的脑袋打破，取

· 148 ·

出脑子来。

"混成八旅团的田中中佐,在一九四四年'扫荡'时,曾袭击高悬着红十字旗的八路军医院,把病人钉在墙上,挖掉眼睛,割掉鼻子、耳朵、生殖器,然后烧死。

"混成八旅团的井上中佐把一百多名八路军和老百姓,一部分用轻机枪射死,一部分装在棺材里烧死!

"一九四二年三十六师团,师团长安达中将,在易县狼牙山将五十名避难妇女剥得精光,要她们送水,送弹药,并于强奸后枪毙。还把几十个老百姓放入井里,从上面丢下石头砸死。

"一九四〇年在内黄、清丰县战斗时,三十五师团召集三千多名老百姓训话,刚讲完'日军拥护中国人民'后,从四面用轻机枪十几挺将他们射死。

"一九三八年五月,一一〇师团长桑才中将在宿县射死一个抱着孩子的母亲,孩子不知母亲已死,吸着母亲的奶啼哭。又,同一师团上板大佐,同年在冀中,将妇女绑在树上,用中国造的手榴弹塞在阴户里,然后在六丈来远的地方拉线炸死她们。

"一九三九年混成八旅团后泽中队长,在晋县用刺刀割开两孕妇肚子,拉出小孩来,劈开小孩的脑瓜,并在脑瓜上贴一张纸,上面写上'八路军杀的'。

"一九四二年混成旅团水上少将,在定县把避难在地道的八百余老百姓用毒瓦斯毒死……"够了,不必再记下去了。

罪犯的名单

现在日本已经无条件投降,法西斯的野兽们,对中国人民的屠杀应该得到应有的惩戒,应该把这批罪犯送到各个暴行地点,由受难的人民来亲自处决屠杀他们的刽子手,谁要是宽容放纵刽子手,那就是自绝于人民,人民是不会答应的。

这些刽子手是:

首先是东条和冈村宁次,因为他们是犯罪的主谋者。其次是:一一〇师团长桑木中将和林芳太郎,三十六师团长安达中将,六十五师团长野副昌德,六十七旅团长柳,混成八旅团水上少将,六十六旅团上田中信勇,六十二旅团长清水田,六十三旅团上津田义武,独立第三旅团长毛利未广,二十六师团佐伯,十三联队长安尾,一六三联队长上板凸,一三九联队长松龙男,一一〇联队长黑须元之助,独立一混成旅团长山松奇,及其他参加这次毁灭扫荡的军官和那些制造各种惨案的刽子手,如荒井,一一〇师团的上板大佐,独立第三旅团的长谷川中队长,混成八旅团的田中中佐、井上中佐、后泽中队长……

纵然这些刽子手想逃到海角天涯,中国人民也要把他们逮捕起来,交给人民公审,按照人民的意志来判决这些杀人不眨眼的野兽!

现在是清算血账的时候了!

谁想宽恕刽子手,谁就会遭到一切爱好和平和正义的人反对!

1945年春

重庆